托爾斯泰小旅館

TOLSTOY CABINS

翰林 著

自序

現在回想起來，修讀建築系的日子原來已離我很遠、很遠。

大學部的四年，再加上研究院的三年，基本上正常來說，一個人從白紙一張到建築系畢業需要用上六年或以上的時間。而放在整個人生的時間線上，六年究竟是否太長，還是合適的長度，我想各人自有解讀。但肯定的是，六年絕對不是一段短的時間。我同時相信，現在隨意找一個建築系學生問他唸建築辛苦與否，大概他們會毫不猶豫地告訴你像是經歷著一場非人生活的過程。那種在工作室通宵達旦，連續一兩晚沒睡地繪圖、做模型與趕設計作業的日子，對體力與肝臟的虛耗，絕對是一種意志的磨練。

與之同時，那段時光又是那麼優美與純粹——每天享受著在同學間討論建築，高談闊論建築流派；教堂、圖書館、博物館、美術館之類，都是牽涉感性層面或象徵意義的空間；製作巴爾沙木模型的過程中，指頭與木紋間的觸感，經自己雙手令一片片的巴爾沙木成為一個立體的空間，放在手上微微轉動，從不同的角度窺視著光線與手上空間的互動等，都是一種充滿詩意的體驗。還有多少個晚上工作至深夜，凌晨兩三點在空無一人的校園，晚風中踏著單車回宿舍的片刻，也是讓我懷念的浪漫。這六年的時光，被一種建築設計的詩意所包圍，以至令人憧憬著未來從事建築工作，或成為建築師的世界會是同樣的優美與純粹。

然而進到社會後才發現，在校園所呈現出來的建築世界，與現實的建築業界，似乎具有一些分別。

或許只要看看一座城市中，美術館或博物館之類與住宅大廈和寫字樓之間的比例，便應該了解得到，能參與像美術館這種非日常性、非商業性項目的機會是何等難得。你或許又會發現，你再沒有機會用雙手造出一個巴爾沙木的模型，而你的指頭可能已經習慣按在塑膠製的滑鼠鍵上來繪製立體模型，和讀著一個接一個的電郵。

很多時候，這種「建築設計世界」與「現實建築業界」之間的差異，做成不少剛進社會的建築系畢業生的期望落差。而這種期望落差，確實讓不少畢業生所糾結，繼而開始反思自己從事建築的真正原因。加上工作上不時要面對很多不同的現實矛盾、兩難，甚至道德抉擇，那都是在校園的六年生活中所未曾預期的。

假如讀者中有還正修讀建築的朋友，盼望這個小故事能夠減輕你日後走進職場時可能產生的期望落差，又或者從故事裡的幾個角色之中，看到從建築系畢業後可前進的不同方向。

說到這裡，好像現實的建築世界很苛刻似的。也不完全是這樣呢。

「始終到這一刻，我還是慶幸能從事建築與空間設計工作，且找到自己投身這個行業的意義。」

主角恩佐是這樣告訴我的。

推薦序

如詩卻入世的小說

洪麗芳
作家，
著作包括《街角的距離》、
《剖開我來看見你自己》、
《寫給你心中尚未崩壞的地方》等。

我明明在看小說，卻一再有讀詩的感覺。這就是我閱讀翰林作品時的體會。無論是他第一本小說《鹿，島，教堂》，抑或是這本《托爾斯泰小旅館》，對景物的描寫、氣氛的營造，以致是人物心中的獨白，都帶着詩的美感和深意，能輕輕地觸碰你心中柔軟的地方，使你享受其中，忘掉周遭一切，同步進入情景之中。但《托爾斯泰小旅館》又比《鹿，島，教堂》多了一點點「人氣」，這回主角不再置身於虛實交錯的夢境與現實之中，而是實實在在地和不同人之間交流互動，編織出讓你想要追看下去的劇情。

翰林書寫人物的功力令我驚喜，無論是朱利安的自信與不能被勝過的自尊和底線，抑或是彭世伯那隱隱令人生畏的氣場與神秘，都栩栩如生地展現在我眼前。讀過此書，彷彿我也成為了書中角色的友人，了解他們每一位的光明與黑暗。而書中對關係中那微細轉變的描繪亦非常出色細膩，像是男人之間處理嫉妒出現時似有還無的解決，男女之間那友誼的界線又如何在不言破之中立下界線等等。

建築對我來說，一直是死的，就是一幢幢建築物，即使偶爾聆聽別人說建築如何與城市連結、建築如何與人有所連繫等，我還是不太能摸索到當中的關係。直至讀翰林這位帶建築背景的人執筆的著作，我才明白多點。書中探討許多值得思索的議題——建築道德是怎麼一回事？建築物既是客戶的產物，同時又是社區的一部分，建築師在當中該擔任甚麼角色？所謂保留集體回憶，到底是上一代的自私抑或是責任？社會對建築的規範是有利的，還是成為了創意、甚至以人為本的掣肘？對於話語權，我們又該以怎樣的目光看待？翰林以剛剛好的刺激，帶領我們一步步思考，卻又不流於說教。或者像是他對我所說的，他自己也在糾結之中，未有定案，我卻認為這樣甚好，這樣我們才有空間思索，能聆聽與接納不同想法。思考本就比擁有一個答案更有價值。

在書中後半段終於都出現了托爾斯泰小旅館，裡面的種種都引人入勝——供人棲身的鳥巢、浮在湖面的書桌、能推動的鋼琴……如果有機會，我也想到那裡一遊，但一遊已足夠。這所供受傷者暫時停留的小旅館，讓人回到大自然與原始的懷抱，我想是許許多多疲乏靈魂的需要。但我同時意識到，自己沒有想要藏身於那裡的慾望。意外地，讀這書還讓我再次覺察心裡的傷口確實已痊癒了，我是屬於能離開托爾斯泰小旅館的人。不知道你又屬於哪種狀態?

願你亦一同進入《托爾斯泰小旅館》，來一趟與靈魂對話之旅。

推薦序

穿梭於場境圖式之中

jck @ 生活營造
建築師／作家，
著作包括《場境 圖式》、《民字集》作者。

小說或許跟城市很像，是許多許多情節連在一起的世界，世界裡面生長著很多很多地方。

有些城市，走進去，你會感到不知如何反應；有些城市，它熱情的一直把你拉進去，強烈地把你推進情節當中；亦有些城市，只是一兩個畫面，就能讓你找到一個安靜的角落，旁觀周邊發生的故事。翰林的小說，應該是後者。我總是靜靜的在裡頭遊走著，慢慢的等待故事情節的發生。翰林的上一本小說《鹿，島，教堂》是這樣，這部《托爾斯泰小旅館》也是這樣。

對從事建築、關心城市場境的我來說，小說裡的情節和場境的關係，是我會特別細心留意的地方。翰林的小說裡總是刻劃著許多熟悉的場境，隨著人物的牽引，讀者穿梭於不同的場境圖式當中。不論是《鹿，島，教堂》裡的浪漫城市香港島，或者是《托爾斯泰小旅館》內的建築世界，兩者對這個有相似背景的我來說都有一種獨特而又不言而喻的親切感。我相信不止是我，對接觸過建築設計或是熱愛城市的讀者來說也會有同樣的感受。

翰林的小說很輕鬆，閱讀很慢的我，不知不覺就把它看了幾遍。可能有一個重要的原因是，翰林為各個故事章節所配上的一首配樂，再加上小說裡對話式的敘事，令我彷彿回到了《藍寶石的夜空》、《十九歲》、《好天氣》等等廣播劇的年代。從不同的感官，體驗著那個似曾相識的建築人世界。

很高興翰林的新書為建築設計同路人帶來一個新角度，去體驗回味我們的一些曾經。我相信看完之後很多人都會跟我一樣，會心微笑的勾起很多關於建築和建築人的回憶與想像。

推薦序

建築的初心

張國麟
建築師／
onebite 共同創辦人及總監

感謝翰林的邀請，能為他的第二部著作添上這篇序，深感榮幸！同時我也是愛看小說故事的人，期待一本由一位有建築背景的作者撰寫的小說會是怎樣。

深入故事中，讀著平凡建築師主角所面對的困惑，教同為建築師的我深感共鳴。而且故事的編排引人入勝，描繪空間的手法帶有建築導賞的韻味，配合箇中的友情與愛情支線，是值得回味的作品。

回想當我開始踏上建築之路，身為年輕的學生，學習設計、結構、材料，並在大學裡磨練自己的技能；畢業後，經過實際工作考核成為建築師，投身於這個行業。然而，現實並非如我所想像的。客戶需求、法規要求、預算限制等，這一切都束縛著我的創意。每天忙碌於無數瑣碎的事務，但有時又會反問自己是否還記得選讀建築的初心？建築不只是一座冰冷的大樓，它是人的居所，是生活的舞台。在城市老化和更新重建的過程中，我們作為建築師更是有責任，應當保存初心，並在可行的情況下嘗試創新，為人及社區設計出更美好的空間。

這本小說讓我回憶起讀書時的日子，那股熱情和拼勁，我們不應忘記。儘管身為建築師的我們有時奢望為了登上雜誌或爭奪獎項而創造一些「非人」的空間，但背後的初心永遠不可忘卻。

這個故事提醒我們，建築師的路並不容易，我們需要堅持初心，即使在困境中也要保持創新的精神。建築所需要的不僅是技術，更需要是人的存在與參與。讓我們珍惜每一個設計，為大家創造出真正享受的空間。

目錄

序章

風和日麗的下午，一道微黃的日光伴隨搖曳的樹蔭，穿過西面一扇幼長的窗，在獨立屋內的水泥牆上畫下了一道分明的虹光。一切室外的蟬鳴，屬於郊野的自然空氣，樹的氣味，與初夏的溫度，都被水泥與玻璃幕牆所隔絕。

身型健碩的屋主，身穿經燙貼骨直的軍藍色馬球衫，輕托一下幼框金絲眼鏡，仔細地檢查在往二樓樓梯旁的每一格書架。在他嚴謹的目光下，似乎對女傭打掃的效果有所不滿。他用指尖把僅餘的數顆塵埃抹掉，然後在書架盡頭的矮櫃頂，打開真空管擴音機，待片刻讓擴音機暖身後，將黑膠唱片放在唱盤，然後坐在身後的皮椅子上，閉目後頭向後仰，準備讓精神進入一種放鬆狀態。

室內流動的空氣充滿藍契貝里的〈任性的女兒〉（註：一）。他欣賞每個音域的細節、修飾，然而這兩層高的走廊偏聽，無論是天花的高度，或是水泥牆身的物料，都讓他感到過量的迴響，而認為這不是一個完美的音樂鑒賞空間。但他明白把音響放在這裡只是暫時性的，待地庫音響室的吸音板從德國運到並且安裝後，他便能享受到期望已久的純淨音色。

在古典音樂的旋律中，他看向書架旁，沿著那條沒有扶手的樓梯往上看，直到視線到達小兒子被關上的房門。在看了看手腕上的錶，下午五時，原來已把小兒子關在房間兩個小時。他把擴音機的音量調低，向著小兒子房門的方向喊道：「凱登，數學習作做完沒有？」房門內一聲不響，他不耐煩地再喊一句：「答我！」

片刻後，房間內一把柔弱的男童聲音回應道：「做完了……」

「那可以出來了，找露茜帶你到外面踏單車吧。」

在微弱的古典音樂中，小兒子的房門慢慢打開，一臉倦容的四歲男孩，雙手捧著工整拼合的樂高模型，是座小小的建築物。

男屋主翹起腿坐在皮椅上，瞄了正在下樓梯的小兒子一眼，然後大聲用英語往樓下喊道：「露茜，帶凱登到外邊玩玩吧！」

男孩拖著疲倦的步伐，幼小的腿在踏下第三級樓梯時，腳跟往內一扭，小小的身軀失去平衡，在沒有扶手的樓梯旁墮下。

當屋主意識到小兒子從樓梯墮下，眼前的畫面瞬間轉化成慢動作。他試圖以最快的反應把小兒子接住來避免這場意外，可惜他無論用多大的努力，也趕不及跑到樓梯旁。

古典音樂與黃昏的光影中，小小的軀體緩緩下墜，直到觸碰地面的剎那，小孩手上的樂高模型如煙花般化成碎片，散落在已一動也不動的男孩身旁四周。

第一章

朱利安

配樂｜Endroll / Hideyuki Hashimoto

會議就在六時下班前完結。

從太古坊的多盛大廈電梯大堂，我只需要像一條隨波逐流的河魚，跟隨著人流的方向，就算是合上雙眼也能被人流帶到地鐵站。從鰂魚涌到金鐘，預計半小時內便能到達相約的地方。

對上一次與朱利安見面已是年半前的事。這年半對他來說是事業的里程碑。從「40under40」（註：2），到「設計先鋒」（註：3）內數個建築業界的肯定，加上剛剛在「MOMA PS1」（註：4）的年輕建築師計劃中獲勝，都令他迅速成為建築界的新星。

我不意外朱利安能擁有今天的位置，從第一天認識他開始，他在人羣中就已經是閃閃發亮般的存在。將近六尺高而健碩的身型，一頭長髮束上馬尾，以及優雅的衣著品味，宛如從小說走出來的男主角，先天條件已是常人難以媲美。而他的自信不是建基於外表，他對建築歷史、流派與風格的研究，以及成熟的談吐，成為一種讓人願意靜心聆聽他說話的魅力。

還記得剛認識他是大一那年，正常新生只能閉嘴聽著講師說話，但他已經能跟講師辯論後又談笑風生一番。從前假如不是學科裡的人，或許也會誤以為他亦是講師之一。朱利安天生就是說話帶感染力，就算一個多麼虛無的概念，從他口中出來也成為對我們無比重要的課題。相對於大學時代幼嫩的自己，現在回想起來實在叫人尷尬。我記得他在大一已向我述說像約翰・黑達克、利伯烏斯・伍茨這類比較冷門的建築論者，而一般新生如我，就只懂安藤忠雄與諾曼・福斯特。

已經記不起我們，包括李察、偉，與克萊爾是怎樣開始混熟，然後彼此成為摯友。實在那年同級裡的香港人圈子也有數個。依稀記得第一個團體作業時我們四個男生，加上克萊爾便時常走在一起，然後大學裡的每個功課，我們也自自然然地聚在工作室一起做，彼此幫忙。

試過一個下雪的十二月，我們四個男生在工作室做設計作業忙至半夜，快要崩潰的時候，朱利安帶頭說要放空一下再繼續，然後我們便跑到離校舍不遠的唐人街唱卡拉OK去。他們都像頭脫韁野馬，一邊喝，一邊向著室內的彩色燈光咆哮著Beyond與周杰倫，只剩我，天生不能喝酒的人，看著他們把不同的酒混來混去，而我整晚卻不知喝了多少罐可樂。

結果他們通通喝到爛醉，我們強行待到店要關門，凌晨三時，被大雪掩蓋的唐人街，我扶著有如靈魂出竅的偉，一邊拍著在雪地上嘔吐的李察的背，再一邊看著醉至在街上亂跑的朱利安。原來同時照顧三個不同狀態的醉客是如此狼狽，最後沒有回工作室，我要把他們逐個送回家。

在寂靜的雪夜，雪地把街燈的光也反射明亮。我緩慢地在積雪的路上，開著一台舊款的本田雅閣，載著三個醉後睡倒的人。我把音樂也關掉，看了旁邊的朱利安，再從倒後鏡看看後座的李察跟偉一眼，那刻內心泛起了一種照顧友人的溫暖感。

我想，畢業之後，或十年，二十年，我們的友情是否仍緊密如此刻一般，是否依舊彼此聯繫著？在車箱中唯一清醒的我，思考著關於與車箱中另外三個人的情誼。明明只是認識了一個學期，明明大家性格迥異，我們就是不知為何從入學第一天起便一起做功課，有共識地彼此幫忙，在工作室選擇把我們的工作檯拼在一起，一起上課，午飯，度過幾段春去秋來。我們有數不盡的話題，除了比較內斂的偉，總是掛著一個溫柔的微笑在旁聽著。跟他們一起的日子，現在回想，確實令艱辛的建築課程也感到愉快。

靜夜因積雪的反射，街道十分明亮。而載著他們於沒有其他車輛的 Don Valley Parkway 上的我，相信我們能成為一輩子的朋友。

我是這樣認為的。

在 Upperhouse 的大堂，我嘗試找出約定的餐廳位置，酒店人員告訴我要從扶手電梯上一層，再轉升降機才能到達。我走進只有我一個人的升降機箱，按下樓層，待升降機緩緩帶我到約定的地方。

時間開始變慢，因我腦內想著對上一次與朱利安見面後的這一年半。

這一年半時間像被壓縮一樣，當我還漫無目的每日從事重複的工作，朱利安從李察介紹的客戶，為他設計的半山獨立屋開始，一個接一個的設計項目接踵而來，繼而廣受報導。這刻的朱利安已是建築界的明日之星。我打從心底為到我好友的成就高興，以他的能力，只要給他一個機會，成名不過是遲與早、多與少的事。

而從很久以前他已經告訴我，在建築界取得話語權是他的目的，他說假如要做到一些他認為好的建築，必先要有話語權，而他說他知道如何在這界別成名的公式，他正在一步步實踐。

朱利安有甚麼想法或計劃都總愛告訴我，然而卻有一件事是他從來未提起。我從業界的小道消息得知，他設計的獨立屋中，曾發生屋主兒子墮梯事件。

雖然聽說那小男孩已經出院，但具體細節不明的我，一方面不知道這件事對朱利安的內心有甚麼影響，另一方面糾結於朱利安為甚麼會設計那條沒有扶手的樓梯。我相信他應該知道屋主的基本背景，例如有沒有小孩之類。假如他確實知道這個房子將會是一個小孩的家，而仍然為屋主設計這種視覺上漂亮，但對小孩有潛在危險的樓梯，我實在不敢恭唯。

我帶著這種複雜的情緒走出升降機，在 Salisterra 靠窗的位置，維多利亞港的夜色前，看到正在凝視窗外景色的朱利安。

他一頭長髮依舊，束上馬尾，輪廓分明的側臉，像小說中的男主角走到現實的感覺絲毫未變。一身米白色麻質的合身套裝，與一雙淺灰藍色的流蘇樂福鞋，放在他近六尺高的身型上份外合襯與顯出品味。朱利安就是跟我等平凡的人不同，他無論在任何場合總是光芒奪目。

朱利安看見在前檯的我，放下手上類似威士忌的飲料，向我這邊揮手。

我走到他旁邊坐下，彼此都沒有多餘的客套表情，這是因為太熟絡，所以連見面也省略打招呼或任何寒暄的相處方式。通常我們見面也是一開始便直接進入話題。

「這次回來會留多久？」我問。

「暫定兩個星期，但也說不定，可能會留久一點，看看項目是否談得成，先別說，看看要喝甚麼。」朱利安把飲品的餐牌遞給我。我讀著無酒精調酒的部分，分不清那些飲品的名稱其實是甚麼之時，我察覺到朱利安用近乎嘲笑的目光，看著我的猶豫不決。

「還在選 mocktail 嗎？這麼多年了，上次給你那瓶『響』不會還未開瓶吧……」朱利安說。

他一語中的，多年前他到日本後給我的手信，一支當年在香港流行的威士忌，送給我這個滴酒不沾的好友。他認為，既已出來工作，喝一點酒是少不免的，特別是威士忌，懂得威士忌的男人給人氣派與品味的象徵。我明白他的出發點是期望對好友帶來善意的影響。

「還未開啊，現在升值得這麼厲害，我打算多放個三五七年後把它賣掉套現。」我說。

「你這混蛋浪費我的心機……」朱利安說完隨即舉手示意侍應生來，然後對侍應生說：「麻煩給他一杯 Caol Ila 25，就這樣。」

「喂……」我無奈半笑地回應。

「這是懲罰你浪費好友的心意與訓練你成長，就陪我喝一杯吧。」朱利安說，然後滔滔不絕地告訴我關於這杯 Caol Ila 的知識，甚麼單一純麥，甚麼艾雷海峽的泥煤味，甚麼入口後在喉嚨上那吞雲吐霧之感，我一時消化不了。

「來，混蛋。」他跟我碰杯後，看著我一小口吞下後本能反射的奇怪表情，他才報以一個感到滿意的微笑。

「啊，差點忘記，這是克萊爾給你的，她說當作你上月的生日禮物。」朱利安把身旁的紙袋遞給我。

「謝謝，那是甚麼？」我接過那輕輕的紙袋後問朱利安。

「誰知道，她也沒跟我說。」

我把禮物收下，克萊爾曾經也是我們的大學同學，現在是朱利安的妻子，也是我的摯友。

一直都是。

在等待李察到來的時間，我們像光速般天南地北說了很多不同的無聊話題，直到一個對話的停頓位後，他開始轉成語重心長的調子。

「你啊，還打算待在那間公司嗎？」朱利安說。

「對啊，工作還好。」

「難道你不想跳回做建築設計嗎？你現在的工作像項目管理多一點吧。」

「也是的，但也有些有趣的項目，像商店設計之類。」

「再不跳回建築你便永遠做室內設計，跳不出來了。早兩年我跟你說到紐約來幫我，我明白那時是有點勉強，但現在不同了，手頭上的項目是夠生活有餘，為甚麼不考慮一下呢？」

「智惠不想搬到紐約嘛。」

「你也要為你自己打算一下。」朱利安喝了一口威士忌後繼續說：「早晚你也要回北美，不是嗎？如果智惠怕適應不了或在那邊沒甚麼朋友，克萊爾的朋友圈子頗大，可以互相認識一下。另外李察那邊也介紹了好些香港的案子，想常常回港也應該沒問題的。」

朱利安是從他的角度，由衷地為我著想，這個我知道，亦慶幸有如他一樣的好友。但如要問我為甚麼沒有應邀到紐約幫助他，智惠只是一個藉口。

理性上我清楚，明明在前景上，朱利安的工作室正步上世界的舞台，他的項目於設計上必定比現在我所做著重複的項目有趣得多，種種條件下，現在去幫他公司是理應的選擇。但不知為何，內心就是有種無法言喻的抗拒，我也嘗試找出產生這種感覺的原因，始終不得要領。

朱利安在滑手機，找到一篇報導後遞給我看。

「獨立屋上《Domus》（註：5）了。」朱利安只是用平常的語氣說。

「厲害，你這混蛋！」我接過朱利安的手機看，並難以掩飾為好友而喜悅的笑容。

「所以快過來幫我吧！」朱利安說。

我們對望了一下，滿足於當下他的一個小成就，然後我拿起威士忌，彼此笑著碰杯。

我享受為朋友高興的時光。

「那男孩還好吧？」不知從何來的衝動，喝過威士忌後，我衝口而出問了一個可能讓我後悔的問題。

「喔？哪個男孩？」朱利安反問。

「獨立屋那個……」

「啊，你也知道了……」朱利安呷了一口後把威士忌放回檯上。「沒事了，住了一個月醫院後出院了，我想現在應該完全康復。」朱利安輕描淡寫道。

「那就好。」不知為何我心裡鬆了一口氣。「那屋主沒問題吧？」

「我也不太清楚，出事的時候我在紐約，李察說他會處理，始終是他認識的人，據說已跟對方協調好了。」

「屋主不作追究嗎？」我不自覺地追問。

「追究甚麼？」朱利安眉頭緊皺，「難道你認為我有責任嗎？」

「你知道屋主有個小孩吧，這樣的樓梯你真的覺得沒問題嗎？」我感覺對話將掀起一場風暴，但當刻我沒有退讓的念頭。

「喂老兄，我依足條例的，那條樓梯的扶手，我只叫總包待我拍照後才安裝上去，後來我怎知道屋主要求他們不要裝回去呢？」朱利安不耐煩地把身體向後靠在沙發上。

「說真的，你打開任何一本日本《住宅特集》（註：6），不知多少間房子裡面的樓梯也是沒扶手的，就算是有，也幼到像絲帶一般，你看不到有些照片裡，還有一些小孩在那房子內走來走去嗎？怎麼你不同樣批判一下那些日本建築師？」

我想，假如朱利安選擇在替獨立屋拍照時所呈現是沒有扶手的狀態，那已經表明他的設計原意。在他一口氣說完後，我繼續回應：「日本的建築文化我不敢評論，裡面的考量或許也包括在地人的教育，他們的文化與生活習慣，當然或許沒有，但如果把一個地方的標準，硬套到另一個地方便直接成立的話，我不覺得沒有問題。」

「那你具體告訴我問題在哪裡？」朱利安盯著我說。「不用轉彎抹角，你認為作為設計者的我要負某程度的責任，對吧？我告訴你，作為一個成年人，一個使用者，我說的是小孩的爸爸，明知自己的孩子只有四歲而下樓梯也未穩的時候，是否要自己衡量應否要把扶手裝回去呢？有甚麼責任連這種基本的衡量也算到我頭上？而你又站在那個高地對我道德批判？你也只不過……」朱利安在話到盡頭前止住了自己。

我盯著朱利安不語，不是責備他嘗試出言侮辱，而只是想告訴他，老兄，你似乎失去冷靜了。

朱利安把視線轉向窗外，在我們這麼多年的友情中，這當然不是我們首次爭吵，通常到這個位置，待大家冷靜後，彼此都會找個下台階，開始一個完全不相關的話題，然後當彼此沒有爭吵過的時候一樣。

一陣沉默之後，我又勉強喝了口威士忌，然後說：「近年藍鳥（註：7）有機會啊！」

我的意思是藍鳥隊近年的新人狀態大勇，很有機會入季後賽。我與朱利安也關注美職棒與美職籃，本來大家都只看多倫多藍鳥與速龍，只是他到紐約定居後，也開始支持洋基（註：8）與尼克（註：9）了。

「是不錯呢！」朱利安回復雀躍的口吻：「我早前看了場藍鳥對洋基，你知道嗎？葛雷諾（註：10）實是強悍！」然後朱利安滔滔不絕地說那場球賽的細節，彷彿剛剛我們完全沒有爭吵過一樣。

當然我們停止爭論，並不是我們找到共識或被對方說服。我不認同他設計的出發點，相信他也認為我帶著不合理的固執。或許，我自己也不能確定，這正是我未有回應他叫我到紐約跟他一起工作的理由，還是我內裡的自尊心作祟，我也不知道。

就在朱利安說得興高采烈之際，穿著一身骨挺西裝的李察看見了我們。他龐大的身軀走到我們的沙發坐下，隨意放下看似名貴的真皮公事包在旁後，說：「恩佐這麼早便下班啦？」

他看到檯上的兩杯威士忌後帶著少許驚訝，看了我一眼再望向朱利安道：「恩佐點威士忌？」

「我在教育他啦！」朱利安說。

「既然這樣……」李察舉手示意侍應生過來，說：「一杯麥卡倫十八雪梨桶。」然後把餐牌遞回給對方。

「克萊爾沒跟你回來嗎？」李察問。

「她下星期才到，說還有事做。很久沒見世伯了，彭世伯好嗎？」朱利安問。

「他好像每星期也打哥爾夫，也有持續做健身，不像我，對運動毫無動力。我一星期才見他一兩次，很奇怪吧？明明兩父子在同一間公司工作，但就算在公司也很少見到他。」李察說。

李察的父親是我們從大一便認識的長輩，是一位感覺大方兼具氣派，常常掛著笑容，而且厲害的人。聽李察說，他爸爸本來是越南華僑，經歷過越戰後來到香港，從一無所有到七、八十年代進入地產商工作，一步步到現在加入了集團的董事局，這樣的經歷對我來說已經很了不起。與此同時，他總不介意跟我們這些後輩聊天，沒架子且風趣幽默，就是跟其他朋輩的父母不一樣。

「待克萊爾回來我們再出來吃飯吧，如果偉也在，我們五個就好像回到大學那時候了。」李察說：「偉只有你能聯絡得上吧？」李察問我。

「間中在社交媒體有聯絡，他現在還住在很北的小鎮呢。」我所指的很北，是離多倫多以北，開車也要兩三個小時距離的地方。

「真不懂他。」李察拿起威士忌喝了口後，好像記起忘了與我們碰杯，然後再遞前酒杯向著我們：「來，乾杯！」

這是個愉快的晚上。朱利安依舊是我認識的朱利安，李察依舊是李察。我們的感情依舊，只是不知為何，與他們的距離就好像用極緩慢的速度漸漸被拉開似的。他們像正揚帆出海，而我原地留在岸上。縱然他們伸手叫我上船，就是不知甚麼原因我一動也不動，然後慢慢看著他們的船飄開，朝著大海的海平線前進，留下泊岸的漣漪在我腳旁。

回到家後已差不多午夜，智惠也睡了。

我把克萊爾的禮物打開。

一頂優閑款式的、軍藍色的洋基隊棒球帽。

不知為何她不等到下週回來才親手送我。這位朋友很有心，而且記憶力不錯。

除此以外，我沒有任何其他想法。

只是，一段往日的記憶湧起，在靜夜的上空中徘徊。

我坐在沙發上把帽子蓋過我的前額與雙眼，試圖避開這段記憶的來襲，但來不及逃避之先，似是誰按下了播放鍵，曾經的畫面已在腦海中浮現。

第二章

克萊爾

配樂 | Canyons / Alexis Ffrench

［十五年前・多倫多］

清晨的陽光穿透空氣，已經到了樹葉在淺綠與泛微黃之間的月份。落葉，飛鳥，微風吹拂，所有事情都仿似悄悄變慢，進行著一場規律的轉變。

「借我用一下，我今天太趕，來不及洗頭。」克萊爾一手從我頭上把我新買的洋基帽子除下，戴在自己的頭上。

「我的頭髮也很亂耶！」我試圖從她頭上奪回帽子但未能成功，只好趕快用雙手整理一下頭髮，然後給克萊爾一個臭臉。

我與克萊爾居住的地方也不算近，但上學的時候都要在北約克的芬治地鐵總站轉車。有的時候也會開車泊在站旁的停車場，比泊在學校便宜得多。所以大部分時候我與克萊爾都會一同上學，久而久之成為了一種習慣。

大二時一個平常的早晨，開學不久但天氣漸涼。克萊爾穿上一件寬身的衛衣，貼身的牛仔褲，與一雙潔白的帆布鞋，襯著她及肩的頭髮，都令她顯得十分清爽。漂亮的克萊爾，雖說不上是傳統定義的大美人，但就是散發著一種脫俗的優雅。

克萊爾突如其來一手用力在我的臉頰捏了一下：「你這麼『可愛』，頭髮亂了些少也不要緊啦！」不知甚麼時候開始，克萊爾間中會這樣，她曾經說我的臉皮很薄，捏起來好像小孩子。我想，如果其他人對我有這樣的舉動，想必十分抗拒。

「只因為是克萊爾，所以便沒問題了？」那刻內心發出一個問號。

也有這樣的可能吧。

從大一開始，除了朱利安、偉與李察之外，克萊爾是我最要好的朋友。整個建築系的女生不多，華人的話更只得三四個，但她們好像跟克萊爾不是很合得來。我所說的不是她們有甚麼過節，平常在學校走廊碰到也會寒暄兩句，只是每當有團體作業，她們便有默契地聚成一組，把克萊爾排擠於外。所以導致克萊爾總是跟我，加上朱利安或偉湊成一組。

日夜顛倒的建築系生活，與系同學的相處時間比家人還多。有多少個夜晚我們在工作室趕功課至半夜，到清晨便捲進睡袋蓆地而睡。在這種環境下，同學間彼此建立了一種同舟共濟的感覺，所以在建築系認識一年的朋友，感覺就像在其他場合認識三至五年的關係般。

面對克萊爾，對大部分男生來說也存在著吸引力的克萊爾，我不知道自己也同樣被她所吸引著。唔，我強逼誠實地面對自己的話，不能否認，我某程度上喜歡她，與此同時，我更不想失去作為朋友的她，於是努力讓自己不去對她有任何越線的想法。

我們到添・柯頓（註：三）買了兩杯咖啡，上到地鐵找個位子並排而坐。

「爸爸下星期會過來一個星期，可能有數天不上學去陪他。」克萊爾說。

「那很好啊，你們又能見面了。」

「對啊，我想下年暑假也回港，或許看看能不能到他公司當暑期實習生。」克萊爾看著窗外，但明明地鐵運行在隧道之中，窗外漆黑一片。

克萊爾之前告訴我，她的父母在剛移民不久便離異。那年她六年級，說父母沒有甚麼爭吵，與其說和平分手，倒不如說在極其冷漠的情況下分開。她父親也是建築師，與克萊爾的母親分開後便回到香港繼續工作，留下克萊爾、克萊爾的媽媽，與一層高級的房子給她們在多倫多生活。每年她爸爸總會抽一小段時間來探望克萊爾。每次回來，父母在她面前皆相敬如賓，克萊爾的父母也很愛她，而克萊爾亦沒有因他們的離異而對二人產生負面情緒。她從小便很崇拜父親，到今天亦如是。

只是，克萊爾曾經跟我說，作為獨生女的她，父母離異後開始，一股強烈的寂寞便隨之而來，直到現在也揮之不去。

「這次你可以給他看你大一的作品了，他知道你唸上建築系，應該很高興吧。」我說著一句可有可無的客套話。

「嗯……」克萊爾繼續凝視窗外，若有所思地回應。

「啊！聽說有一套關於路易斯．康（註：12）的電影會重播，我打算去看，你要看嗎？」我試圖把她從沉思中抽離，而且似乎成功令克萊爾慢慢轉過頭來。

「你似乎真的很喜歡建築啊，連看電影也要看建築的。」克萊爾側著頭，帶著微笑說。

「那是正常吧，就是因為喜歡才唸建築系嘛！」我理所當然地回應。

「噢，是嗎？」克萊爾沉默了一會，「也許是吧。」

「難道你不是喜歡才唸建築系的嗎？」我反問。

克萊爾喝了一口手中的咖啡，沉思了一會然後說：「我也不太清楚，我純粹想了解建築設計的世界是怎樣的一回事。」

其實從剛認識克萊爾開始，相對朱利安、偉，或我與其他同學，我看不出克萊爾對建築有著很大的熱情與興趣。當然她的成績一點也不差，只是對於課堂裡的作業，或閑聊關於建築的話題，她的反應也是不慍不火，相比跟她說其他她有興趣話題，明顯有很大的落差。

我感覺克萊爾想了解她父親的世界，才是她唸建築的主要原因。

我與克萊爾在皇后公園站下車，從地鐵站走上地面。風和日麗的早晨，時間還十分充裕，我們決定不轉輕軌電車，改用走的回學校當作散步。我們邊走邊說著有趣的話，那年與克萊爾一起上學的時光，仿如初秋的楓葉，泛著微黃的翠綠，既清澀而暖和。

「我去買貝果，你也要吧。」克萊爾已為我下決定。

「嗯，但我先回工作室，東西實在很重，要先幫你的也拿回去嗎？」我問。

「好啊！」說罷，克萊爾便把角尺、文具箱及背包全掛在我身上，隨即轉身離開。

我帶著兩手滿滿的工具回到工作室，只見李察已經把設計全在電腦中建成模型，準備渲染效果圖。而另一旁的偉，還在用鉛筆於描圖紙上一橫一直的繪畫線條。

我把東西放回我與克萊爾的桌上。早上工作室的人不多，建築系大部分同學本來就是夜行動物。

然而在沒甚麼人的工作室另一邊傳來一陣笑聲。我轉頭望向笑聲的方向，看見束起馬尾的朱利安，被那兩三個排擠克萊爾的女生圍著談天，有說有笑。當我準備轉頭回到自己的桌子整理工具時，朱利安大聲向我喊著：「恩佐！過來過來！」

「在談甚麼有趣的事情，讓你們笑得這麼厲害？」我走到他們那邊然後隨口問道。

「本來她們說不太明白這次作業的主題，找我來幫幫她們……」朱利安掩嘴一笑後繼續說：「但不知為何她們把話題扯到系內男生……莉亞說男同學中，你算可愛，如果你約她的話，她不介意跟你約會啊！」

「討厭，別聽他說……」莉亞說完後又是一輪哄鬧與嬉笑。

「好啊，那我們找天約會吧莉亞，到時不要推搪啊！」我用著半開玩笑的口吻回應，把話題帶過。

我完全不以為意，因為我知道他們只是純屬說笑，再者我知道假如朱利安主動約會她們任何一個的話，她們會二話不說便撲到朱利安懷裡。當然，還有一樣比較反感是被人用「可愛」來形容，是小貓小狗嗎？在我的角度，「可愛」跟「欠成熟」某程度上是同義的。不能否認，站在朱利安身旁的我，確實有中學生跟在大學導師身後的感覺。我在反省除了外表之外，是否自己平常的行為舉止予人感覺不太成熟？又在想，假如我長了鬍子，會否看起來老練穩重一點？想著想著，就連自己都不明白為何如此介意……

「你在意的不是莉亞的說話，你在意的是克萊爾。」內心突如其來湧起一個答案。

當我轉身回到自己的桌子時，貝果已經放在我的桌面上，只是不見克萊爾的身影。

「啊！眼睛快乾了！已經完成五張效果圖的模型、上色的平面圖，兩張橫切面，今晚之前效果圖出來放字排版，今晚便不用再留在工作室了！」

李察總是以量取勝，儘管很多時候，感覺導師不太喜歡他過早把設計定調下來，但因為他生產力太強，所以每次作業也能得到合格的分數。相反偉很得導師的喜歡，因他總是把設計想得很深入，跟導師對談也樂於花很長的時間認真討論，有些時候我甚至覺得，導師也在吸收從內斂的偉口中不慍不火道出的獨特見解。唯一可惜是，偉往往也思考到最後一刻，之後便不夠時間把設計概念表達出來。有些時候可能只得一張鉛筆畫的平面圖，一張手繪的立體圖，與花很多時間用水泥或木材做的大樣模型。所以即使導師們多喜歡他的概念，也未能給予他多高的評分。

至於我們級別的明星，非朱利安．司馬莫屬。朱利安的作品與陳述風格，早已成為同學間的模範。從外表、說話時的自信，與清晰的思路，間中在適當的時候加插從容的幽默，有些時候，我真的感覺他像個年輕版的雷姆．庫哈斯（註：13）。他也曾經跟我說，日後必須要試試到庫哈斯的公司工作一下。後來他確實說到做到，在庫哈斯內工作了一年。不過他當時說想到庫哈斯的公司工作，並非打算要在那邊學到甚麼，他只說將來的履歷有這個需要。

今天跟往常一樣，在建築系的日常生活，大部分時間都待在工作室，只有間中一兩節課和外出買個咖啡或便當。當我再回到工作室時已經是下午五時，我回到自己的桌子打盹，然後不小心睡著了。

當我自然醒來的時候，發覺已經是晚上七時多八時，更發覺我的洋基棒球帽正蓋在我的頭上。

帽子上殘留了微弱克萊爾的氣味。

我環顧工作室的四周，李察與克萊爾都回家了，只剩我，偉與朱利安，他們正埋頭苦幹。

朱利安看到我醒來，伸了個懶腰，然後走過來說：「喂，陪我抽口煙吧。」我們便走出大樓的門口，在昏暗的街燈下點起香煙。其實我根本不會抽煙，朱利安也知道，但他抽煙總需找個伴。我只是吸一口後把煙在口腔轉一圈便作勢呼出，似模似樣的樣子。

上升的煙如慢動作，在半空被泛黃的街燈燈光穿透。

「你還差很多未完成嗎？」朱利安問。

「還有數張立面要畫，模型也想做好一點。」我說。

「要幫手便跟我說，我這邊差不多完成了，再多做也沒有分別。」朱利安向半空呼了一口長長的煙，然後把視線放在我的帽子上。

「不錯的帽子。」他把視線回到手中的香煙，用指頭拍了一下，讓煙灰掉在地上。

「你與克萊爾怎樣了？」朱利安問。我想似乎他留意到我與克萊爾戴著同一頂棒球帽後，他像意會，或誤會了甚麼。

「甚麼怎樣了？」我答。

「你喜歡她吧？」朱利安望向夜空續問。

我當刻沒有回答，也不是刻意要迴避，只是被這樣問到，我需要時間思考一下。我們彼此都沒有眼神接觸，我想他也在給我空間思考答案。

晚風吹散凝聚半空的煙，在彼此沉默之下，一輛輕軌電車在大樓前的士巴丹拿道上駛過，電線桿發出的摩擦聲打斷了這片寂靜。

「你就別掩飾吧，我早就察覺到了。」朱利安說。

「有那個男生會不喜歡克萊爾呢？」我嘆氣地說「只是……只是我不想失去作為朋友的克萊爾，你懂我的意思嗎？我也不確定她對我有否朋友以外的想法，說真的，我亦未有對她為之瘋狂到，要展開追求的衝動，所以……」

「所以將來她與另外的男生在一起，也沒所謂嗎？」

「我沒有立場去介意呀，那是她的事，只要她喜歡。」

「就這樣？」

「就這樣，這樣就好。」

初秋的夜晚，建築系大樓的門前，氣氛被朱利安的問題弄得感性起來。我不介意把感受毫無保留地告訴朱利安，因為我信任他。我相信他也不會認為我故作灑脫，對感情好像看得豁達所以順其自然，我或多或少是在一種迷失與摸索的狀態，我知道他完全明白，之後他也沒有在我與克萊爾之間的事上再多問。

往後的兩個月，除了大部分時間與朱利安、李察與偉一起之外，其餘的時間就只有我跟克萊爾。我們一起上學，偶爾一起做作業，下課，買貝果。一起的時候我們的話題很多，雖然內心的某個部分我無法跟她分享，但基本上大家的過去，與感情以外的很多事情，彼此都瞭如指掌。

樹上茂盛的葉，在我們走過的校園，道路兩旁的行人路上，由翠綠被染黃，隨季節的推進漸漸加深，成為紅葉，就在那一個連紅葉也開始落下的夜晚，一套關於路易斯・康的記錄片（註：14）在離校園不遠的小型戲院重映。那夜朱利安、李察與偉也不在工作室，只有克萊爾，她知道我打算去看便說陪伴我一起去。

晚秋的多倫多很早日落，只四點多天色已暗。離開場時間尚早，我們便決定不坐公車，慢慢走到戲院當作散步。

「啊，聽說你不是要跟莉亞約會嗎？早知你約她去看嘛，怎麼約我了？」克萊爾用半嘲笑的口吻說。

「我沒有邀請你，是你自己跟來的。」我也給她的嬉笑一個還擊。

「臭小子，莉亞不好嗎？身材蠻豐滿的。」有些時候她跟朱利安很像。對於這個話題，我只看成一些無聊的玩笑。然而克萊爾看我沒有反應，伸了一個懶腰，在秋涼的夜晚呼了口蒸氣後說：「開玩笑啦，我知道她不適合你。」

「你怎知道她不適合我？我可能喜歡好身材的也說不定。」

「別在我面前裝模作樣，要是你喜歡，我怎會看不出？」

「別說到很了解我似的，那我問你，怎樣的女孩子才適合我？」我只是隨口問問，沒想到克萊爾好像真的認真去細想，這讓我也好奇她會有怎樣的分析。說實在，我連甚麼適合自己，我當時也不太知道。

「真的要說嗎？」克萊爾思考了一會之後，在一個等待轉過路燈的街口前停下來說。

「要呀，因為我自己也不知道。」

「那好，要記住啊，以下是恩佐．陳的擇偶條件分析。」她像向前面入夜的街道宣告。

我側身、挺直腰板地看著克萊爾以回應她誇張的口氣，在她要說之前向我微笑了一下，然後回頭面向前路。

「第一，身材不要太豐滿，你會吃不消。」

我又側目給她一個白眼。

「好啦好啦，第二，不能夠是機心很重的人。」她看了我一下，「我沒說錯吧？」

她好像有點道理。

「第三，唔，怎麼說呢……」她又對著空氣想了一會，「你需要一個在心理層面能保護你的人。我想說的是，你表面看來似乎很理性，實質你放很多事在心裡而不自知，可能你需要一個單純而樂天的女孩在你身邊，我不知道你了不了解自己，但我知你的樂天是裝出來的。」

克萊爾這樣說令我不期然反思，自己是否真的如她所說。

「你表面看來對很多事都不在乎，好像甚麼都沒有所謂，但我知你對許多事情都很在意。」克萊爾說。

「喂，不要說到很了解我似的，我只認識你一年半多……」我好像被人從內看透，而下意識反應地這麼說來掩飾自己的尷尬。

「你最好找一個真正樂觀，有趣而理性的，一個能在你跌入陰霾時能帶領你走出來的人。」行人過路燈轉綠，我們走在書院街橫過皇后公園道後，克萊爾繼續說：「最後，第四，不能夠找一個像我的。」

時間放慢，就連踏在腳下的黃葉所產生的聲音也帶著清脆的迴響，在我內心泛起一陣微弱的搖動。我不能形容那時的我是一種怎樣的感覺，是一刻她把我們之間的某種情誼的距離，我必須相信是友情的情誼，拉得很近，很近。

「第四這一點完全莫名其妙的，我從來都沒有想過。」我語帶不解地說。

「對，不關你的事，是我自己加給你的條件。」克萊爾微笑地看著我。

「為甚麼？」

「沒甚麼，你跟著做就是了。」

「喂好了沒有？還要不要開場之前買些吃的，看完之後才吃便太晚了……」

「那經過買個熱狗邊走邊吃吧。」

時間又回到正常的速度，我不知道是否巧合，還是當時的克萊爾確實對我的了解十分透徹，往後我遇到我最愛的那個人，真的正如她所說的條件完全一樣，曾經在我跌進陰霾邊沿之際把我拉回來。

夜幕低垂，在步向往後的一個街口之間我們都沒有對話，只有經過的汽車、晚風，與被踏碎的落葉聲音盤旋於當下的氣氛之中。

「你呀，將來有心儀的對象，要先介紹給我過目，我說認真的。」克萊爾視線看著腳前將要被踏碎的黃葉。「你也知道，你是個很容易被人佔便宜的人。」

「嗯。」我回應。

我們在街頭吃過熱騰騰的熱狗後，走到戲院的時間剛好。電影描述一位建築大師的兒子，藉著參觀他亡父的作品，嘗試去了解，那位從他小時便離他而去的父親。

我看得入神，因為是關於我欣賞的建築師，與我很想去但尚未能到的建築物，我認為這是一部很好的作品。我本以為就算不是因為建築，但是關於從建築物中尋找父親足跡的題材，也許會讓克萊爾有所共鳴。只是，克萊爾好像不大感興趣，就在電影播放到一半的時候睡著了。

克萊爾的頭側，輕輕枕在我的肩膀上。而她的小手，就擱在我們座椅間的扶手上。時間放慢，彷彿連電影裡的情節也變成慢動作。那一刻有股衝動，多麼想把掌心放在克萊爾的手背上緊握著她。然而同一時間，從她的頭側傳到我肩膀的，是一種對另一個人完全信任、可以毫無保留地放鬆、一種友情昇華的溫暖感。

我知道，當我的手放在她手背那瞬間，我們的關係將會改變，我們看對方的心態會改變，情況可以是我不能預期的好，或是我能預期的壞。

這兩道情感在內心交戰著，最後我的手在準備放在克萊爾手背上之前停下。時間再次回到正常的速度，然後我把手退回到安份的位置。

一種情感，被另一種情感所戰勝。

我很珍惜與克萊爾之間那種推心置腹的好友關係，我不希望在我們之間的友誼上添加任何雜質，所以我決定不要作出任何改變。那些友情以外的情感我會好好給它埋葬。

就這樣，這樣就好。

「要做一輩子的好朋友，親愛的克萊爾。」當時我心裡面這樣說。

第三章

捕獵者

配樂｜Venetian Blinds / Chilly Gonzales

「你覺得怎樣?」朱利安在平板電腦上把他的圖書館設計給我看。這是一家位於上海周邊另一座城市的公立圖書館設計方案,是前年在建築競賽中勝出的作品,年初時剛竣工。

我看著一頁頁的效果圖,純白與銀色交替的大堂,樓底很高,室內被兩層高的玻璃幕牆把陽光化成漫射光渲染到室內。然而,在牆身的書架,有的兩層樓高,我卻看不到有任何滑輪扶手梯可讓人接觸到上層所放著的書。整個設計給人浸淫在一種強烈的視覺衝擊中,人的比例被縮小至十分渺小的位置,感覺是要被這強大的空間感所震懾。

「很漂亮,其實之前在雜誌看到刊登了。」我笑著回答。

週末早上,我們相約在中上環荷里活道再往上走一條街的餐廳,選了張靠近路旁的桌子,這次除了面前的朱利安與尚在路途的李察之外,也等待克萊爾到來聚舊。

「克萊爾呢?為甚麼她不跟你一同出門?」我問。

「她早上又要跑步又要瑜伽甚麼的,所以叫我不用等,說自己來。」

週末早晨的必列者士街,幽靜得無法想像數街之隔便是繁華的中環商業區。餐廳前的棕櫚樹令氣氛更添幾分休閒。我原意是想看著室外的日光蓋著長街,灑在對面舊建築的牆身上,那光線形成溫暖的白,讓自己在這個輕鬆的環境中放空一會,只是,朱利安的眼神似乎在等待我給他那圖書館的設計有更多的回應或評語。

「那些高位的書架，打算讓人怎樣把書拿下？」我問。

朱利安的手像掩著嘴，對我偷笑後說：「你沒看出來吧？」

「看出甚麼？」

「那些放在高位的書只是牆紙，一些印了書脊圖案的牆紙罷了。」

「你的意思是，那座上達天花的書架，除了五，六尺高以內是真正的書架之外，其餘也是牆紙扮作書海那樣？」

「沒錯！」

「那就是為了要營造這種強烈的視覺效果，而就算做一些假的東西……例如一個場景那樣？」

朱利安稍為與我對望一下，沈默一會，坐正身子後說：「我就知你會有意見，所以特意給你看。我問你，營造視覺效果有甚麼不妥？我想聽聽你的想法。」

被朱利安這樣反問，我倒一時不能回答過來。

「一個圖書館需要這種視覺震撼嗎？我不明白。」我勉強回應。

「那你認為一所圖書館的設計，需要的是甚麼？」

「一個舒適的閱讀環境，一個可讓人集中閱讀，或者溫習，不被打擾的空間；可以容易找到想要找的書，給社區沒有距離感的地方。」我不慍不火地回答。

「很好，那你怎看得出這個設計，沒有你上述所說的條件？」朱利安再問。

「對，或許這個設計已考慮了我所說的條件，只是這麼刻意營造的視覺衝擊，是否有需要？」

「那你又怎知道他們不需要？」被朱利安咄咄逼人的反問下，我像被逼到牆角，再一次反應不過來。

朱利安身體輕微往後仰，說：「兄弟，你要知道，那座城市的閱讀氣氛怎樣差勁，他們需要的不只是一個借書，看書，和還書的地方。那個地方的人還需要一個地標，說白一點，一個建築物能帶給他們一丁點身份認同，給其他省份的人前來打咭、羨慕，給市政府一份自我滿足感。那個城市實則有多少人看書？我不知道，我只知道這個新圖書館的使用人數，比之前的舊圖書館翻個數倍。」

「就算這說得通，也用不著拿牆紙扮作書本來製造這種視覺效果吧？這是做假。」

「從前古希臘那些科林斯柱式（註：15）上的雕塑在模仿甚麼？植物的葉啊，你可以說那些葉也是假的，沒錯吧？我知你想說甚麼，你認為這個公共空間不應用太多裝飾性的東西來製造視覺體驗，你認為這種視覺體驗在圖書館的功能上是不需要的，你感覺這設計是本末倒置，所以你直覺不對勁。我沒有說錯吧？」朱利安不斷向我的想法推進，說實在，我已經反應不來，但同時我沒帶猶豫的眼神告訴他，我儘管一時未能回辯，但不代表我已被說服或認同。

朱利安看著我，然後微笑一下，說：「找一次，你跟我到那圖書館看一看吧。」

我點頭，繃緊的對話隨即放鬆，我們又回到美職棒與美籃的話題上。

「等一下彭世伯也來，他說很久沒跟我們見面。你平常沒有特別找李察出來吧？」朱利安問。

我沒有回應朱利安，只輕輕一笑，確實我回港工作的這麼多年，真的沒有特別與李察常常見面，大概一年相約一兩次吧。

如果問我跟李察的友誼是否從大學畢業後改變了，表面上可能是，但我想，可能實則上沒有改變，只是一直感覺要有朱利安在，我與李察的友情才會變得緊密。情況又像假如沒有我在的話，偉跟朱利安和李察便早已失聯一樣。人與人之間的友誼是件十分微妙的事，朋友間的距離確是有分別的，也不是三言兩語能說得清楚。

在我與朱利安辯論和談天一輪後，我們各自都喝了口咖啡，讓嘴巴與腦袋休息一會。

陽光依然灑落在餐廳對面舊建築物的牆身上，單是靜靜的看著，感覺便平靜安穩。一隻手，從後突如其來捏了我的臉頰一下。

身穿白色連身裙的克萊爾在我身邊走過的那瞬間，時間緩緩放慢了少許，然後看著她走到朱利安身旁的位置坐下之後，時間又慢慢回到正常的軌道。

「臉皮還是這麼薄，好像沒怎樣變老嘛。」克萊爾帶笑對我說。

從認識克萊爾開始，她總喜歡這樣捏我的臉。從前年少不覺得有甚麼問題，但到了今天她這個舉動對我來說已感到很不自然，都甚麼年紀了。

「你也不錯嘛，好像魚尾紋還未全長出來。」我給她一記微弱的反擊。

「臭小子，就是知你髮線快向上了，所以才給你買帽子。」克萊爾冷不防一個直線抽擊。

「他也差不多呀！」我指著朱利安說：「整天束馬尾，髮根的營養都被抽乾了。」我隨口亂說一通，「你沒有買一頂奧克蘭（奧克蘭運動家棒球隊，隊帽是綠色的）給他嗎？」

忙著用手機回覆信息的朱利安好像沒為意我與克萊爾的幹話，克萊爾瞄了一眼旁邊的朱利安，然後輕聲對我說：「我正準備送他。」

「喂，我聽到你們說甚麼啊。」朱利安的視線還停留在手機屏幕上說。

一輪輕鬆的寒暄後，我看著在日光漂染下的克萊爾，一身白衣與及肩的髮型顯得她份外優雅。沒有見面的這數年，我們仍然有透過短訊或社交媒體聯絡，但當然她只會在見面的時候，才願意提及她與朱利安之間的事。她與朱利安之間的婚姻也沒經歷甚麼大風浪，我所知道的都是些微不足道的小問題。而我作為聆聽者，一個好友的身份，通常讓她微微抒發一下便可，從來不給予意見。

當然每次克萊爾找我傾訴，朱利安也知道，但朱利安對我有絕對的信任。有時當他們之間出現些小磨擦，朱利安會主動找我去聽聽克萊爾訴苦，開解她一下。

有時回想，我與智惠的一個共通點，就是常常成為身邊好友需要時的聆聽者。

「等一下彭世伯可能有些事想找你幫忙。」朱利安說。

「甚麼事情？」我喝了口咖啡後說。

朱利安嘴角微笑說：「等彭世伯來跟你說吧。」

已經有數年沒有與彭世伯見面。世伯給我的感覺總是風度翩翩的阿爾法男性，我對他除了尊敬之外還帶一絲畏懼。這不只因為他的背景，隻身一人從越南逃難來港，到成為上市公司的董事，還因為他在六十多快七十之齡仍保持恆常健身的習慣，相對李察那龐大而略胖的體型，怎樣看也不像兩父子的模樣。

而關於對彭世伯的畏懼，還有一件事，教我印象深刻。

大三那年，我、朱利安與偉三人一同到李察的大宅做期末作業。李察家只有他與哥哥，和一名傭人，住在多倫多一所五千多呎的大屋內，彭世伯每年都會從香港特地越洋而來探望兒子兩三次。那次在李察家，我們需要燈箱把草稿的輪廓畫在繪圖紙上，而李察便有一個。

燈箱就放在地庫的一個房間內，但李察正忙著，於是告知我儲存燈箱的房間位置後，便叫我自己去拿。他房子的地庫只是半地下式的，所以牆身上半部的窗也勉強給予地庫在早上不用開燈的日光。我找到李察所指示的房間，打開門後看見漆黑的房內只有一頁小窗在近天花的地方，一條日光的光柱劃過室內，卻不能完全把整個房間照亮。一邊的牆身前有一組真空管擴音機，與一對座地桃木色音箱。而另一邊的牆上掛著一排跟一排，大大小小的獵槍，然而一支小小的手槍，在芸芸獵槍中份外顯眼。

一支像是經歷無數歲月、殘舊而有花痕的手槍。

當時也不知道是哪來的好奇心，在昏暗的房間內，我有一股想拿起手槍細看的衝動。另一方面卻在想，始終是人家看為貴重的東西，道德上我不應該觸碰。經過內心的一番掙扎，我的手，最終還是不受控般慢慢把它拿起。

我的指頭感受著槍身上每道花痕，在微光下手槍也反映出沉實的柔光。

就在我單手拿起槍枝，作勢瞄向前方的那一瞬間，

「那樣握著槍枝殺不了人喔。」

一把低沉的聲音，在房間的暗角發出。

那刻我彷彿一隻在洞裡的田鼠，被一條鑽進洞內的蛇所發現，蛇的目光已盯著獵物，而獵物只有本能地一動也不動，盼望捕獵者以為牠是環境的一部分，那麼自欺欺人而卑微的狀態。

彭世伯從暗角中走出來，我完全沒為意，他一直坐在房間暗角的大椅上。他走到我的身後，左手握著我拿著槍的手背，然後像從後環抱似的，以他的右手提起我的右手托起槍柄。

「恩佐是左撇子啊？不要緊，把槍托起，雙手拿穩，要注意後座力很大。」

我那刻完全是準備被捕殺的獵物般，除了聽從指令便沒有其他反應。

一隻貓，從房間唯一那近天花的窗外凝視著我們，彭世伯將我的身體扭向窗戶，把槍瞄向窗外的貓。

「左眼，準心，與對方的眉心連成一線，然後……」

他在我指背按下板機，「嗒」的一聲，我所有神經像一個浪衝上腦海，每一個毛孔都在擴張，然後是一片寂靜。

貓像躲避一發無形的子彈般落荒而逃。

「不用怕，沒子彈的，怎麼可能有子彈呢。」彭世伯用一種淡然的語氣說，然後把手放開，走到我身旁，慢慢把槍枝從我手上拿起。

「對不起，我……只是好奇想看一下……而已……」我慌忙地道歉。

「不用緊張，現在只是擺設而已。」彭世伯把手槍放回牆架上。「每個人都有想看，或想要的東西嘛。」彭世伯背著我說，那一刻，他的背影令我感到一股巨大而無形的壓力。

「這個世界，想要任何東西都沒有問題。」他在背光下慢慢回頭看著我，微笑說：「問題是，這次你看了我的東西，下次要等價交換的啊。」

當刻有種莫名的不寒而慄。彭世伯明明是那麼和藹友善，我到現在也不知道為何當天會產生那種恐懼感，只記得我連忙說不好意思，便急急離開地庫跑回一樓，連燈箱也忘了拿。當然之後我也沒問李察，究竟地庫的槍枝是真是假，及世伯是否有槍牌之類。

一輛銀色的平治 G Class 越野車隨便地泊在餐廳前的路邊打斷了我的回憶。身穿筆挺灰色西裝與白色恤衫，配襯白色袋巾，西裝上還綴有一枚小小金屬紋章裝飾的李察，從前排的副駕駛座下車後看到我們。

緊隨其後，穿著深藍色直紋孖襟西裝，米白色長褲，同樣有著一枚小金屬紋章在西裝襟前的彭世伯，從司機位置下車，走在李察後頭朝我們的方向走來。

彭世伯感覺上沒有怎樣變老的樣子，除了頭髮多了點銀白之外，一身健碩的身型，仍然能從西裝下浮現出來。

「克萊爾！你終於肯陪他回來啦。」李察用熱情的口吻跟克萊爾打招呼，然後坐下。而掛著微笑的彭世伯逐一跟我們打招呼後亦坐到我的旁邊。

「克萊爾還是那麼漂亮嘛，跟以前一樣。」彭世伯對克萊爾說。

「沒有啦，都是快四十歲的女人了。世伯才厲害，要是現在到蘭桂坊想必迷倒不少女士呢！」克萊爾說。

「現在沒有人去蘭桂坊的喇克萊爾，況且世伯也拿了長者咭很多年，別說笑了。」彭世伯笑著回答。

李察喚侍應生來點了一份英式早餐與黑咖啡，而彭世伯則說他早上吃過，只點了一杯瑪琪雅朵後，轉臉向著我說：「恩佐，我們又見面了，最近怎樣了？」彭世伯一手拍在我的大腿上。

「還是老樣子吧。」我用一句普通不過的回應伴以微笑作答。

當我在這麼近的距離看著彭世伯，老實說，怎樣看也不像是個快七十歲的男人。他看起來完全沒有老態，跟李察走在一起勉強說是兩兄弟也不過份。

晨光慢慢轉移角度，從我身上離開溜到腳前。整個早上的對話完全由朱利安與李察主導，話題從紐約的生活，李察的三名子女，亞洲的經濟，威士忌，新開的溫泉酒店，到他們上海的綜合商廈與商場項目。偶爾彭世伯會加插一些他的精闢見解或成熟的幽默。而我與克萊爾彷彿是這場表演的兩位觀眾。又或許他們的對話都沒有空間給我們插上嘴。

李察與彭世伯點的咖啡來到，李察呷了一口。我看見朱利安像跟他倆打了一個眼色，世伯再看似不着痕跡地點一點頭，然後李察把咖啡杯放下，對我說：「啊恩佐，有件事想看看你有沒有興趣……」

「甚麼事？」

「沒甚麼，上海的綜合商廈項目，我是說朱利安剛設計完的那個，我們會有一個會員貴賓室，類似機場國泰的貴賓室那種啦，地方不算大，只五、六千呎，你認為你公司會有興趣承接室內設計的部分嗎？」李察問。

朱利安看著我，給予一個意味深長的微笑。

這便是彭世伯想找我幫忙的事。

那我明白了。

「我先跟公司說說，我想應該有興趣的，但之前不是都找像 Yabu（註：16）那些有名的設計師嗎？」我問。

「你也知道啊？對，但這次成本有限，同時也想試試些新的設計公司。」

「好的，我回公司問一下，時間趕嗎？」

「不用急，也需要經招標的，如果你公司有興趣的話，李察會把資料先發給你，下個月前把公司的設計案例與報價發回給李察便可以了。」帶著笑意的彭世伯一邊對我說，一邊拿起那小小一杯的瑪琪雅朵而不作攪拌，彷彿在欣賞那漆黑的濃縮咖啡中一點牛奶泡的白。

「如果真的成事，我們三兄弟第一次工作上合作啊！哈哈哈哈……」李察說，同時朱利安也露出喜悅的表情望向我。

彭世伯笑而不語，然後突然一口把杯內的瑪琪雅朵直吞下去至一滴不留後，優雅地把小杯放回桌子上。

而坐在一旁的克萊爾，似是若有所思，牽強地掛著一個曖昧的微笑在臉上。

「你也要出力說服你的老闆啊。」朱利安對我說。

其實也不用我游說，對於我現在工作的公司來說，這是個不可多得的機會去發展另一個範疇的設計項目。而對我自己而言，又有甚麼比跟摯友同在一個項目工作來得更愉快呢？只是，我怎樣也解釋不到為何，也不能具體說出那種內心如暗湧般的抗拒。

怎麼會有這種感覺呢？我問自己，卻百思不解。

日光的角度繼續轉換，灑落到彭世伯的腳前。一隻瘦小而勇敢的麻雀，試探式的一步步跳到世伯的腳旁，期待麵包碎從餐桌上掉在地面的可能。

第四章

話語權

配樂｜Dreamland / Alexis Ffrench

「你們準備去哪裡？」李察問克萊爾。

「我們想到日、月、星街逛逛，很久沒有到那邊了。」克萊爾看了我一眼然後說。

「那好，我們要到堅尼地道，順路載你們到那邊吧。」李察說。

「等等，為甚麼說是我們？我們約好了嗎？」我對克萊爾說。

「你下午有事嗎？」克萊爾問我。

「沒有。」

「要陪智惠嗎？」

「也不用，她有約。」

「小氣鬼，我難得回來你就陪我走走吧！」克萊爾擅自為我決定了下午的節目，我給她一個白目反而讓她更洋洋得意。

早餐小聚後，李察說世伯要帶朱利安去見一些人，所以下午只有我再陪伴克萊爾一會。我與朱利安和克萊爾擠進紅色真皮的車箱後排，彭世伯操控著這樣一台巨大的機器，從中半山又窄又斜的街道上左穿右插，然後往大道上飛馳，不消一會已把我們送到皇后大道東，再轉上星街後停泊在一旁，讓我與克萊爾下車。

簡單的道別後，朱利安按下電動窗再次叮囑我說：「下週你問過老闆後跟我聯絡吧，期待你的好消息。」然後這台龐大的平治 G class 便從我們身旁疾馳而去。

我與克萊爾走到日街與進教圍的商店圈四處逛逛。我們一邊看著不同特色的商品，一邊輕鬆談天。我問她紐約的日常生活，是否仍有鑽研西式甜點做給朱利安吃而自己卻戒掉了澱粉質，瑜伽是否已練成到雙腿纏到頸項之類。而她也問我與智惠平常週末的活動，現在香港有甚麼好去處，有否想念添．柯頓的咖啡，有沒有為髮線向上找緩和方法等等的瑣碎事。

感覺像回到大學時代，我們一起上學或下課的路上，輕鬆的，毫無重力的狀態，無所不談。

「下次也約智惠出來吧，吃個早餐，我也很想念她呢。」克萊爾說。

「她起床時已過了早餐的時間，找次叫她出來下午茶吧。」

在這小區的小店內，克萊爾看著一些精緻的文具，一邊輕描淡寫地說：「很想念智惠呢，真的很喜歡她。」

「吓？」

「甚麼『吓』？智惠有甚麼不好嗎？」

「嗯，也沒有。」

「我直覺很準的。」克萊爾拿起一支墨水筆細看：「你當年帶她出來介紹給我認識的時候，還記得她那種天真爛漫的可愛，我便知道你找對人了，我很放心。」

我印象中，當年我剛與智惠在一起的時候，其實並沒有刻意帶她出來給克萊爾認識。是有一次，好像在大學裡的添．柯頓，我與智惠剛好碰見克萊爾。那次是一次尷尬的偶遇，當時我和克萊爾因為一些事情少了接觸，當中的細節我早已經忘了，又或許是我刻意從記憶中抹掉，總之往後日子，我與克萊爾的友誼回復到從前那樣便沒有再對某件事情有所介懷。

克萊爾拿起貨架上另一支墨水筆試寫「真的不考慮來紐約嗎？」她邊寫邊說。

「智惠不習慣嘛。」我說。

「少騙人，那是藉口吧……」克萊爾說著，放下手中的墨水筆後又在店內瀏覽別的商品。

我跟在她身後，經過她剛試墨水筆的紙，上面看到她的字跡。

她寫了三個問號。

「朱利安應付不了嗎?現在的工作量。」也許是的，現在朱利安手上的項目數量或許讓他吃不消。

「也沒有應付不了的。」克萊爾停下腳步說：「只是，你在他身邊的話，我會放心得多。」克萊爾回頭看了我一眼後，視線又回到貨架林林總總的商品上。

她回望的那一刻，我終於留意得到，一種深邃的茫然從她眼神中不經意流露出來。

其實只要我細心一點，便早應該留意到她整天的神不守舍，短短幾句話便已經把「放心」與否說了幾遍，且欲言又止。

我怎不能意會我的好友克萊爾，內心正在為某些事情而糾結呢？她需要一個機會把內心的鬱結抒發出來，只是又不好意思直白地跟我說。她跟朱利安怎麼了？我內心出現一個問號。或許我需要在她的情緒決堤之前，作為聆聽者聽聽她的分享，讓她的鬱結有機會疏導一下。

「找個地方坐下聊聊吧。」我建議。

「我想到藍屋看看。」克萊爾說，然後把手中的商品放回貨架上：「這些東西在紐約也有，我想看一些只有香港才有的地方。」

我沒有異議，二人便從聖佛蘭士街往下走，再在皇后大道東右轉，往石水渠街方向進發。

不知多少年沒有這樣走在皇后大道東的行人路上。小時候因為祖父母住在這兒，放學後便先到祖父母家等待父母下班，所以常常在這個社區流連。從前巴士站前摘芽菜的檔口，囍帖街的文具店，介乎刺耳與清澈之間的割鐵聲，事過境遷，昔日的人和事都已經離開，只留下一些舊建築的外殼、街道的名字，然後注入新的資金、文化、語言。

當然我沒立場去批判這些社區面貌的轉變，畢竟從前的社區無論怎樣保育也不復存在，人和事都走了，換了靈魂的軀殼再也不是同一個人。

我們邊走邊談，克萊爾告訴我，她的爸爸快到退休之齡，明年可能也會到紐約長居。早年朱利安剛開設工作室時，她爸爸也嘗試介紹一些客戶或人脈希望可以幫助他發展，也曾經有個小型的室內項目談得攏，最終設計還登上了雜誌，只是客戶好像其實不大滿意。之後爸爸的人脈也沒有為朱利安再帶來其他的機會。後來贏得MOMA PSI獎項，朱利安開始得到業內關注，在紐約那邊也漸漸有些小型設計項目找上他。但真正的轉捩點，還是後來李察帶給他一連串大大小小項目的機會。

克萊爾跟我說的一切基本上我都從朱利安口中聽到過，而我一直都為朱利安這位朋友高興，縱然我未必完全認同他的設計理念，但看著他一步步實現他從前許下的目標，還是會心感喜悅。

我倆不知不覺走到石水渠街，經過藍屋，克萊爾並沒有刻意走進去看看，我就只跟著她，漫無目的在這小區的內街、午後的日光下遊走。小區很幽靜，樹蔭蓋著店前午睡的狗，與泊在一旁等待維修的古董開篷車。我們的步伐拖曳著，連時間也跟隨放慢了少許。我們在一所咖啡店買了兩杯咖啡邊走邊喝。最後我們又回到藍屋旁的露天側庭，在一張長椅上坐下。

在藍屋的蔭下，凝望著空無一人的內街，這種寧靜，像時間靜止的狀態，我們都沒有對話，又或許克萊爾正等待我打破靜默的缺口。

「你和朱利安怎麼啦？」我嘗試直接展開話題。

克萊爾依然望著前方無人的內街，呷了一口咖啡後說：「也沒甚麼，沒有甚麼具體的問題，嗯……怎麼說呢？」她低頭看著手上咖啡紙杯的蓋子，另一隻手的手指沿著蓋側劃圈。「你記得他常說的話語權吧？」

「嗯。」我記得朱利安以前常常掛在口邊，他所說的話語權，在我看來或許就是成名，但他總說是不一樣。怎樣詮釋也好，對他來說話語權是持續做到好建築的先決條件，追求話語權也成為他的信念。他在大學時代甚至已經在腦海裡鋪排一套得到話語權的步驟而常常跟我分享，沒想到他真的按著計劃逐步實現。

「他開始得到了，但又慢慢渴望得到更多。」克萊爾帶著嘆息地說。

「為何你有這樣的想法？」我問。

克萊爾停頓片刻，想了一會。

「一切來得太快，自從他跟李察在工作上聯繫之後，一個接一個的項目……而每個都給予他很大的自由度……」克萊爾看著我苦笑了一下，續說：「夢寐以求吧？簡直像是站在成名的升降機上那樣……而看到自己的另一半在事業上終於開始成功，我還慨嘆甚麼呢?」

「你的不安是因為?」我也在思考的同時，不禁問了她這個問題。克萊爾沒有回答，也有可能她也不知道怎樣回答。

「之前他回港工作時，我都沒有陪著他回來。」克萊爾說。

所以克萊爾這次回來是對朱利安有些不放心，我的直覺告訴我。假如我沒理解錯誤的話，克萊爾或許發現了甚麼，導致她很不安，所以這次要跟著朱利安回來。

「你就直接說出來吧。」我直白地說。

一道初夏的微風吹過，地上的樹蔭搖曳，日光讓眼前景物，跟我們的對話也一併朦朧起來。

「我跟他，可能一整個月也只有機會說上數句話，或一起吃頓飯。他太忙了，每次從香港回來也每天通宵達旦留在工作室，每週還有數晚要到大學裡做導師，或與客戶吃飯。每晚我等他回到家時，他經已疲累不堪，就連週末也要參與些公關活動。到有時間能靜下來，他亦需要補眠或是在家看場籃球或棒球賽。只能說，在他僅餘的休息時間內，我不想打擾他。」克萊爾淡然且語帶無奈地說，「這也是得到話語權的代價嘛。」

克萊爾不是那種苛求另一半常陪在身邊撒嬌的女人。我相信朱利安這數年的忙碌，與對克萊爾的忽略，並非構成她不安的主要原因。我看著克萊爾不語，她也明白我知道這不是主因，所以知道我不會對她說出任何安慰的話。

我正在等待她慢慢把內心的不安，從提壩中打開缺口釋放出來。

「短訊……」克萊爾口中吐出兩個字，深呼吸了一口繼續道：「一些奇怪的短訊，我知道對方是女的，不同的女生，發送到他工作用的電話，是自從他開始回港做李察的項目開始。喔！你別誤會，我不是刻意偷看他電話的，只是那次他從香港回紐約之後，放在客廳的電話收到短訊後自動在螢幕上彈了出來。」

「你意思是……？」

「不……」克萊爾搖頭：「不是呢，朱利安有給我他手機的密碼，他不介意我查看他手機的。我讀過那些短訊，朱利安都沒有回覆她們。」

「他知道你看過嗎？」

「知道啊，他告訴我，沒有做任何對我不起的事。雖然未有仔細地告訴我那是怎麼的一回事。」克萊爾看著我說：「但只要他親口對我說，我便相信他。」克萊爾打從心底流露到臉上的一抹笑容，連眼睛也擠成一線。

我也相信。

我的好友朱利安，從年輕時代便是身邊女性眼中的理想對象，有哪個女生不喜歡朱利安呢？然而成熟世故的他從不朝三暮四，他也不是會利用自己的條件去玩弄情感的人。

所以我相信，自幼便訓練出來的自律與修養，不會這麼容易便陷入試探之中。

只是，為甚麼會遇見試探又是另一回事。

而我想，克萊爾不安便是來自這個原因。

那些試探從何而來，我們都不得而之，更莫聯想說這是否得到話語權的代價，或是進入李察的圈子的條件，全都只能是我們猜想。

克萊爾抬頭看著逆光樹葉的陰影問：「作為建築師，話語權是這麼重要嗎？」

我跟隨克萊爾抬頭看著樹影，思考著她的問題。名成利就有誰不想？當你出口的每一句都具影響力與價值，在世留名，我相信是很多唸建築的人所憧憬的事。密斯．凡德羅一句「少即是多」（註：17）便足夠讓建築界思考半世紀了。福斯特曾經在南區設計了一幢以百合花為概念的住宅，他只一句「這是百合」，放在樓盤的廣告上便已經有足夠的號召力。我不能想像任何一個唸建築的學生，或一般的建築師，對著導師或客戶介紹自己的設計時也只說一句「這是百合」會有甚麼後果。只是，話語權也好，成名也好，都是一座海平線背後的小島，對我來說太遙遠了。我坐在一艘小艇上，只能在無風無浪的岸邊徘徊，但已經感覺寫意滿足。

「我不知道，因為我沒有把話語權定為我的目標。」我回答。

「啊……是嗎？」

我們都明白，即使話題再繼續，也不能一時三刻讓克萊爾的不安釋懷。退後一點來看，可能只是這幾年朱利安突如其來的忙碌，讓他一下子消化不來，加上在公事應酬的場合上你永遠不知道將會認識甚麼奇怪的人。待朱利安的公司上了軌道，我相信他們現在的問題將不再是問題了。

「放心吧，我會看著他的。」我嘗試給克萊爾一句看來是安慰的話，可是後來發現，我或許給予她一個我不能兌現的承諾。

「那我靠你了。」在午後微風下的克萊爾，帶著微笑對我說。

第五章

雲與樺

配樂｜Clouds / Luke Faulkner

【十五年前．多倫多】

「我們要有話語權……」本來像半沉思狀態下的朱利安突然說出了這一句，放下手上的安藤忠雄作品集，然後再向著我說：「如果要做一些好建築的話。」

午後充沛的陽光漂染了整個工作室。週五的下午，工作室內人已經不多，大多沒有課堂的話都回家或外出去玩了，只是我到現在還未構思好期末作業的方向，決定留在工作枱前再勉強自己一下，儘管手中的繪圖筆根本只是在描圖紙的上空打轉，怎樣也擠不出一條線來。

坐在窗前長枱上，背光的朱利安氣定神閒，又像百無聊賴地思考著人生課題。當我還懊惱著期末作業的設計時，朱利安一直望著我，似乎在等待我問他：「喔，甚麼是話語權呢？」好讓他有機會向我滔滔不絕地發表偉論。

「甚麼話語權？你說成名是吧……」望著描圖紙早已沒多餘心思的我，邊構思著作業，邊敷衍地回答。

終於等到我的回應，朱利安一下子從桌上跳下，然後坐在我身旁的椅子上，面向窗戶，有點兒激動地背著我說：「我想過了，你出去看看四周，就說隨便走在士巴丹拿道吧，你望望兩旁那些矮樓，很醜對吧？根本就像沒有設計可言。但你想想，每座建築物背後都有個負責設計的建築師，對吧？而假如每個建築師都要經過建築系嚴格的美學訓練，為甚麼設計會那麼醜？為甚麼在純滿足功能性之外，便好像甚麼也沒有的樣子？你可能會說，也有些欠缺美感的建築師嘛，不是的，你看看我們同級生的作品，平心而論，有那個真的差勁到稱得上『醜』的？沒有。就算有都是極端例子。」

朱利安彷彿不用呼吸，一口氣述說了他心中的偉論。

「那你想說甚麼？」

「那就是說，能從建築系畢業的，基本上都有某種水平的美學訓練，所以缺乏美感不是構成身邊存在大部分醜陋建築的原因。」朱利安說。

「可否進入正題，那原因是甚麼呢？」一直構思不到作業主題的我已經很煩燥。

「妥協。」朱利安從口中吐出兩個字。停頓一會後，他轉頭望向我，說：「因為建築師的妥協。利潤為前提的客戶反而成為了設計師，建築師變相成為繪圖與蓋章的人員而已。」

「那可以怎樣？現實本來就是這樣。」我又是敷衍了他一句。

「建築師其中一個義務，就是要抗衡因利益而令到市容逐漸被醜化的情況，對吧？那些蓋醜陋房子的建築師，我不相信他們完全沒有美感，他們只是完全妥協於客戶『利益最大化』這個要求而已，沒有堅定地站在提升整體社區的美、而作為使命般的考量。

這樣的話，路當然是易走的，錢賺到了，又不用費唇舌來游說客戶，談一些對他們來說沒有價值的事。」朱利安繼續道：「我不明白，那他們為甚麼要唸建築呢？假如大部分唸建築的人，從一開始已選擇將來在社會工作的時候妥協，在學校裡修讀美學，又是否多餘和虛偽呢？」

「如果你的堅持，導致你連一個項目也沒有，那又如何實踐在學校裡學到的美學呢？」我不是在反駁他，這回也不是在敷衍他，而是開始認真思考朱利安提出的這個題目。

「我沒說過要完全不理客戶的要求，我在想，有些考量根本不需要讓客戶知道。」朱利安隨即定睛望向我。我不太明白他所說的，只呆呆地流露出一臉懊惱。

思考了一會，我問：「我在想，一個建築物，本應是客戶的東西，假如設計者在設計的時候帶著客戶要求以外的其他目的，那道德上是否有問題呢？」

「這樣說吧，如果有人聘請我設計一個純屬私人的室內空間，你說這是客戶的東西我完全沒有意見。但一個建築物，特別在城市之內，我不能說這完全是屬於客戶的，因為它無可避免地影響著社區的景觀；而社區的景觀、肌理，某程度上是屬於大眾的。所以如果客戶的要求，將會負面地影響社區的話，設計者理應拒絕；但如果客戶只要求他們的利益，但對其他考量並沒有甚麼意見的話，建築師便應平衡客戶與社區之間的整體利益。而關於考慮社區利益這方面，根本不用讓客戶知道或刻意交待，因為他們本來就不在乎。除非……除非那個對社區利益的考量，又可讓他們用作行銷的賣點，再轉化成他們的利益。」朱利安説完後抬頭仰視著天花，彷似經歷了一場他與自己內在辯論後的思緒沉澱。

「談何容易呢？在利己與利他之間，很多時是矛盾的，兩者不可得兼。更不用説暗地裡有一些利他的設計考量能讓客戶毫不知情。」我不是想給他潑冷水，只從現實的角度來看，難度確實很大。

朱利安沒有回應，繼續看著天花板若有所思。沉思了一會，然後低下頭，拾回他那本安藤忠雄作品集在手裡，説：「你説得對。」

我有點被這句説話嚇著，一直以來，這小子很少認同我。

「還是需要話語權呢……」朱利安像半慨嘆的語氣説。

「別故弄玄虛甚麼話語權了，你就是説名氣嘛。」我沒好氣説。

「不是，有些知名的建築師，他們或許能設計出一些緊貼潮流又好看的東西，但你不會覺得他們的説話有太大價值。成名只是擁有話語權的其中一個條件。」我沒為意朱利安又打開了安藤的作品集在看：「極簡的基本就是簡單、純樸，但簡單卻缺乏深度僅能稱呼為廉價，只有簡單是不夠的。」

當我正想對他這番似是而非的偉論反駁點甚麼時，「這是安藤忠雄說的，我只是讀出來而已。」他用堅定的語氣補充。

「嗯……」

我想，我開始明白他的意思，因為如果那句似是而非的話是由安藤忠雄口中說出，倒是無比合理，或許因為他的作品已經為他所說的話作出了解釋。

「簡單來說，同一句說話，在有話語權的人口中是真理，從普通人口中可以是狗屁。」朱利安放下手中的作品集說：「但你也不是不對，要先成名，才後有話語權，繼而才可影響建築界的生態。我問你，『住吉的長屋』（註：18）會讓你聯想到甚麼？」

我認真地思考，答：「嗯，《陰翳禮讚》（註：19）吧，反影日本傳統啦、簡約、可以感受到四季的轉換之類。」

「那你會想住在那裡嗎？」

「唔……我想我沒有能耐長居在那裡，因為太不方便了。」

「好，假若當初你就是『住吉的長屋』的主人，你認為這個房子、安藤的成名作，會不會存在於世？」

「或許……不會了。」我也只是個普通人嘛，我怎能下雨天連出個睡房門也要打傘呢。

「從『住吉的長屋』，我看到的是，成名的其中一條路，就是要找到擁有一個非一般人想法的客戶。他可以是有過人的執著，可以是修行者，有自己非凡的信念，也可以是強逼症、偏執狂，或帶點瘋狂的人。當你找到，你的設計自然會順應那個非比尋常的人要求來走，甚至他會接受一些你提出的大膽想法，然後從建築作品中展現出來。這樣，設計自然會容易得到關注，甚或媒體大肆報導。」朱利安解釋。

「我聽說當時『住吉的長屋』在業界有很大爭議。」我說。

「那些爭議是基於從一個平凡人的生活角度來看才會出現，只要真正的使用者——那位屋主享受的話，其他人的批評根本毫不重要。況且如今還有人提出負評嗎？都成為經典了，人便只會著眼於好的方面來讚美。」他笑笑。

「所以你將來的目標，是要找一個這樣的客戶？」

「那是其中一步，基本上將來向著目標的每一步我都大概想好。」朱利安自信地說。

「說來聽聽吧。」

「你想知道嗎？」

「快說吧……」我淘氣地反一反白眼。

「好吧！首先我需要一份像樣的履歷，在這裡畢業之前，贏一兩個小的競賽，暑假最好到海外一些知名的建築事務所實習，不收酬勞也行。畢業後我必須擠進哈佛、哥倫比亞、南加州或 AA 其中一間的研究院拿取碩士學位，然後要到 OMA 工作最少一年。之後再選紐約、洛杉磯或倫敦其中一個城市落腳，找另一家有名的建築師樓邊工作，邊完成專業試，同時要不斷擴大人脈，這個很重要。

還要試試聯絡些大學的建築學系，看看能否做個兼職的工作室導師。待經驗、資格與人脈俱備，就只有靜待時機，待到那位擁有非一般想法的客戶出現後，便可自立門戶，替那位客人完成第一個能吸引媒體注意的設計項目。」

想不到朱利安的人生規劃如此清晰、明確，他不慍不火也井井有條地道出心中想要前進的道路與方向。

如此仔細的規劃無疑教我驚嘆：「很厲害呢！」手中的繪圖筆也不知不覺滑落到桌面上。

「那都只是入場門檻，達成這些目標後，要走到擁有話語權這一步，便要看機遇了。」他說：「到一天我有能力自立門戶的時候，我們要一起合作啊，恩佐！」

逆光下的朱利安，露出跟平常自信的他不一樣的表情——一種發自內心且單純的笑容，給我這位好友，在他遠大計劃裡預留了一個位置。

我很慶幸，就在我剛接觸建築世界的同時，認識這位畢生摯友。我感覺自己就像坐在岸邊看海的人，看著重複的日落，落在海平線後，憧憬著海平線背後的世界之時，另一個人，如挪亞一般默默地、按部就班地造船。他將會造一艘可靠而堅韌的帆船，海平線後的世界是他的目標，航道也仔細規劃好。到一個天朗氣清的早上，他準備出發航行之際，突然伸出手來，邀請獨坐在碼頭一旁、甚麼也沒做的我，登上他的帆船，一同往海平線的盡頭出發。

朱利安所追求的話語權，我不知道是否真的重要，或是我也想追求的事。只是那一刻彷彿感受到友情無形的重量，假如一天有幸能隨他的船向大海起航，最後能否到達海平線的另一面，已經不再重要了。

那刻我用微笑回應朱利安的好意。男人之間的友情不用說太多，許多情感，例如感激，毋須太刻意去表達，一個眼神彼此經已明白。

我們的對話到此停了下來，朱利安繼續在午後的陽光中沉思，我也重新開始構思那份毫無頭緒的期末作業。

時間緩慢地流逝，明媚的日光在人們沒為意之下漸漸變得暗沉，一直坐著，腰背也變得僵硬起來。

「到添・柯頓買杯咖啡吧。」不願再跟作業搏鬥的我建議。「我需要伸展一下，兼給自己充充電。」

「也好，順道陪我抽支煙。」朱利安説。

我倆並肩而行，在經過校舍大堂的通告板時，朱利安忽然停下腳步，凝視著板上的一張海報。

一張由一家安大略省木材公司贊助的「木亭設計比賽」海報。

這個比賽只開放給本校建築系學生參加，冠軍的設計，將會於暑假期間興建在校內的其中一片草地上，一直保留到冬季才拆卸。這類在學期末前才公佈的比賽，一般不會有太多學生參加，因為需要在應付期末作業以外再抽時間去做，並非人人都有足夠餘裕，然而導師們仍十分鼓勵，因為得獎作品很多時都會被媒體廣泛報導，特別是《加拿大建築師》雜誌（註：20），甚至是《多倫多星報》或《環球郵報》之類。

「這可能是第一步。」朱利安定睛看著海報喃喃自語，似是憧憬著他為自己安排的未來，然後轉頭向我一笑，拍了我的肩膀一下，二人便走到學校附近的添·柯頓去。

夕陽的餘暉灑在我們身上仍帶著暖意，沿途看得見嫩芽從樹枝上長出，是大地回暖的訊號，我心想：是開始喝凍飲的時候了。我買了一杯冰的卡布奇諾，與其説是卡布奇諾，添·柯頓的版本根本是一杯重糖的咖啡味沙冰。價廉，就咖啡的味道來説根本沒有層次可言，但就是不知為何它會挑起味蕾下最原始的反應，與某種心情慰藉。

朱利安依舊，點了杯黑咖啡。

回到學校大樓前，我陪朱利安抽一口煙。又回到這個適合聊天的位置，看著一輛跟一輛的公車駛過。

朱利安呼出一口長長的白煙，然後對我說：「怎麼不見克萊爾呢？她今天不回學校嗎？」

「她今天陪媽媽出外逛逛……」我不知為何突然很大反應：「唉！為甚麼問我呢？我有義務知道她的行蹤嗎？」

朱利安呆了一下，用一個帶著問號的目光看著我說：「你就是知道嘛……」

倒說得對，怎麼連她週末的行程我也會知道呢？

他面帶譏笑般的表情，拍一拍我肩膀：「喜歡便要說出口，給別人搶了便後悔莫及。」

我沒有刻意跟朱利安解釋，其實我已下定決心，對克萊爾不會有進一步行動的打算。但被朱利安這樣一問，我不得不反思自己與克萊爾的關係是否太超過了，假如真的單純想成為一輩子的朋友的話，可能有些界線還是要分得清楚。我想，最基本要為對方著想，不要讓她的追求者誤會，而令她錯失遇上對的人的機會。我帶著一絲自責，思考如何能自然地、慢慢地把那條友情的界線，好好安放在我與克萊爾之間。

當然，也許是我過慮，那條界線，可能一直都存在，只要在適當的時間，就會變得明顯。

關於那個木亭設計比賽，校內大約有三四成的學生參加。李察與克萊爾向來無甚興趣做與課程不相關的事，至於偉，他本來亦想試試，奈何他自知要用很長時間構思，還要一邊趕期末作業，既然明知應付不了也只好放棄參賽。

最後我們五人幫當中，參加的只剩下朱利安和我。那年學校剛購入一台 CNC（電腦數值控制車床），而校內真正學懂怎用的就只有朱利安與數個同學。往後的一個月，朱利安用了兩個星期的時間，在電腦中設計了一座木亭的立體模型後，每天下課後便留守在學校的工場，在那台 CNC 旁看著機器把一片又一片的木板進行切割。

朱利安給我看過他的設計，宛如一朵行雲飄過地面，而雲的表面紋理，有著大小不一卻又具有韻律的通花，令雲下的光影構成一種如樹蔭般的效果。這是一個很棒的設計，旁人根本不能相信這只是出自一個快完成第二年建築課程的學生手筆，甚至誤以為是札哈・哈蒂（註：21）的作品也不為過。

其實這次比賽只需提交一張 A2 大小的設計圖，實體模型只是一個選項，但朱利安堅持說要把設計全面呈現出來，花時間造實體模型是必須的。

看過他的設計後，我也認同他的堅持。

而我，起初其實並沒有參賽的打算，我連期末作業的主題也未想到，何來靈感與心思再放在比賽上呢？只是剛巧某一天，經過市中心一家專門售賣藝術與設計相關的書店，無意間發現一本東亞傳統木建築的二手書，翻開一看後，竟令我對當中不同樣式的木榫接合方法為之著迷。那些鳩尾對接、三缺榫、止方榫、平榫，林林總總，每一個精雕細琢的細部，如拼圖般完美地接合，且用不上一根釘子。

「要用這種傳統木榫結構放在期末作業！」內心有一個強烈的呼喚，所以期末作業的主題就這樣瞬間決定了。然而腦袋更延伸這個想法——用木榫接合建構一個現代木亭，可能也不錯吧……就這樣，我亦決定了參加木亭設計比賽。雖然我知道勝算不高，但作為期末作業的練習也無妨，我想。

我買了那本二手書作參考，往後的兩個星期，我每天都在工作室通宵達旦，設計心目中的木榫之亭，而朱利安側留守在木工工場內的 CNC 車床旁。偶爾我們埋頭苦幹至深夜，會一起走到學校附近的唐人街吃一碗越式牛肉河粉，之後再回到學校繼續拼搏。

那是一段辛苦卻快樂的時光。

兩星期後的一個中午，朱利安把他用CNC車床雕刻出來的木板模型抬到工作室內，我敢說，基本上整個年級，甚至高年級的學生也圍著他的模型來看，全皆讚嘆不已。我在工作室的座位上看著被同學圍繞的朱利安，他一邊拿著黑咖啡，一邊跟同學講解他的設計，我好像朦朧之中看到他在人群中散發出的光芒。

「喂，在呆看甚麼？」克萊爾從後拍了我的頭一下。

「痛耶……」我用手擦著後腦，以責備的眼光看著克萊爾：「朱利安的木亭模型做好了。」

「啊，是嗎？」克萊爾帶點興奮地走到朱利安的桌子前，當她看到朱利安的木亭後，我遠遠看見她嘴角好像不禁「嘩」了一聲，繼而轉頭欣喜地稱讚朱利安。

時間在日光漂染下的工作室變得緩慢，朱利安的笑容，克萊爾的笑容，以及一眾同學的雀躍都是慢動作。

我看見一幅美麗的圖畫。

而我，也不太在意自己的木亭設計，做好了排版，印好後便隨即遞交參賽，然後又埋頭到期末作業裡去。

在期末作業簡報前的最後數週，大家各有各忙，我亦沒有主動找克萊爾，當然間中也會在學校碰面，一起午餐、買咖啡，一起的時候我們依然有說有笑，但相對從前已經少見面了很多。

我期望克萊爾不會感覺到我刻意保持的距離，畢竟準備期末作業是一個充份的理由。我是從珍惜這份友誼的出發點去放這條界線，我內心是這樣想的。

期末作業簡報尚餘一星期，一個早上，我婉拒了克萊爾一起乘地鐵回校的建議，說要作最後衝刺，早早回校趕工。這也不完全是推搪克萊爾的藉口，我發現我為期末作業構思的木樺小屋設計，要真的用到木材造出實體模型，所需時間原來比我想像中還長得多，故此特意早起，一大清早獨自回到工作室。

四月，陽光，溫度，空氣，新長出來嫩葉的淺綠，一切都是那麼溫柔，為一眾被期末作業折磨至筋疲力竭的建築系生帶來一點安慰。

我將回到學校之際，看見在日光下一頭散亂長髮、略帶倦容的朱利安，在校門前呼出今天的第一口煙。

「這麼早便來了？」朱利安看到我，揉揉眼睛說。

「你不是比我更早嗎？」

「我昨晚沒回家，在工作室睡了。克萊爾呢？」

「不知道，沒有跟她約好回校。」

「啊，是嗎？」朱利安又深深吸了一大口，再在清涼的空氣中呼出長長的煙，隨即便把煙蒂弄熄：「陪我去買咖啡吧。」

我們走到校園轉角、書院街的添．柯頓，我點了一杯正常糖與奶份量的咖啡，朱利安依舊是黑咖啡，然後我們拿著溫熱的紙杯，在回校路上邊走邊談。

「期末作業怎樣了？」朱利安問。

「所有圖紙大致完成，但是木模型比我想像中還要多花許多時間。」我嘆了一口氣。

「早叫你學用 CNC 吧。怎樣？要幫忙的話只管跟我說。」

「你也要趕工吧。」

「我那邊不用擔心，基本上已大致完成，這個星期都是在微調，就算現在收筆也不會有多大影響。」

「啊，是嘛。」

「之前放太多時間在木亭設計比賽，有點疲累，所以期末作業也不打算太緊張，交到差便算了。」

「你所說交到差的程度，也是我們跟不上的距離……」

「臭小子……」朱利安笑著推了我肩膀一下，害我差點把咖啡打翻。「聽說今天比賽會公佈結果。」朱利安說。其實結果早已呼之欲出，我也在想像朱利安那如雲朵般的木亭設計，到真正蓋了出來後，走進去會如何震撼。

當我們回到學校大堂，通告版前是莉亞與幾個同學興致勃勃地圍在一張海報前。我們還未看清楚海報的細節，莉亞已經回頭看見我們，並急不及待揮手示意我們過去。

「恭喜，這次要請吃飯吧！」莉亞看著我：「恩佐！」

甚麼？

「木樺的概念確實很不錯呢！」莉亞說。

朱利安上前細閱海報，確實是木亭設計比賽的結果。我望著朱利安的側面，望著他瞪著海報上的結果，那不敢相信的眼神，以及忍著不甘而讓下顎微微聳動的神情。

三個優異獎：

・迴響盒子（霍華德・吉爾貝托）

・城市林蔭光浴（阿舍琳・布魯克斯）

・流雲／浮光（朱利安・司馬）

優勝

・互釦之詩（恩佐・陳）

我看見朱利安嘗試掩飾自己失落的神情。

「做得好嘛，兄弟！」朱利安轉頭向我強行歡笑後，拍了我肩膀一下：「啊，我想起還有事要忙，先回工作室了！」

其他同學圍著我道賀的同時，世界落入一片寂靜之中；朱利安的背影漸漸變小，慢慢離開我的視線。

說實在我沒有一絲勝利而得的喜悅。

在我回到工作室，看不見朱利安的身影，我知道他根本沒有回來。往後的一個星期，朋友間只有偉與我留在工作室內，李察與克萊爾也選擇在家工作，至於朱利安，一向長期留在工作室的他，沒有人知道他去了哪裡，而我們也沒有刻意聯絡對方。

就這樣，我與他好像彼此失聯。

直至在期末簡報前的一個晚上。我經過工場附近的大型雜物棄置區。

朱利安的木亭模型，近乎完整的，靜靜坐在棄置區的一旁。

我走到朱利安的木亭前作最後一次欣賞，一種百感交集的情緒從脊髓湧上腦海，彷彿朱利安不只捨棄了他的設計，棄置了這個模型，還好像捨棄了甚麼。

❖．❖．❖

期末作業簡報日終於來臨，我與偉同樣被安排在上午時段進行，而李察本來是被編到下午時段的，但他也特意早點回校，為我與偉打氣。克萊爾跟朱利安的簡報將同在下午發表，也許是這個緣故，我看不見他們的蹤影。

我們其實在兩個月前便承諾，待期末作業簡報完結後要找天一起慶祝；除了克萊爾因為早已訂了週末的機票回港，到她父親的事務所當暑期工外，我、朱利安、李察與偉更說好一起去個短途小旅行，例如北上到錫姆科湖邊的小旅館住上一兩天。然而沒有與朱利安聯絡的這數星期，似乎預告了慶祝旅行或許將不了了之。

早上的簡報時段通常人較少，除了講師之外，基本上不會有太多同學特意來看，這樣倒好，我和偉也在沒太大壓力的情況下完成簡報，亦未有遭受到太嚴苛的提問或太差的評價，不過不失就是了。

我跟偉與李察吃過午餐後，便一同陪伴李察準備他的作業簡報，只可惜克萊爾與李察被安排在同一時間、卻不同的房間內進行，待李察發表完之後，我走到克萊爾那個課室，已經是另一位同學在準備，未能看到她的身影。

我想，克萊爾或許會去看朱利安的簡報。其實我只要用手提電話打給她，便可以知道她在哪裡，但就是不知為何不想這樣做。我想，倘若放到現在電話有通訊軟件的時代，我可能會給她發一個短訊，不用直接對話的話，或許我會願意去做。

朱利安被學校安排在整個簡報日的最後，當上壓軸戲，在我、偉與李察走到朱利安準備簡報的大房間時，發覺內裡坐滿的不只有同級生，連高、低年級的學生也來湊湊熱鬧，整個房間擠得水洩不通。

這就是朱利安在校內的魅力。

簡報開始，朱利安以一貫的成熟演説技巧，理性地解説他設計上概念的起始，並以其具條理的邏輯一步步推進至最終設計，基本上沒有任何破綻可以挑剔，講師們也只能讚美並勉強補充一句無關重要的建議。待全場師生都再沒有提問之後，朱利安作一個近乎談笑風生而到洽到好處的總結，現場由一片沉默，換成全場雷動的掌聲。

我還是頭一次經歷在建築系的學生簡報會上，有掌聲出現。

簡報會完結，我們在房間的後排向朱利安揮手，他看見我們也從遠處跟我們打招呼，只是圍繞著他的人太多，可能還需要時間逐一寒暄一番。

那晚，偉跟李察説簡報後有點虛脱的感覺，他們要先行回家。我知道克萊爾明天回港，要待九月開學才能再見面，作為朋友，我想應該要與她道別，而我相信她會回工作室收拾東西，故此我選擇留下來等她。

時間不斷溜走，已經是傍晚七時，我想，還是致電給她比較好。

電話的另一邊響了數十下，在我幾乎要掛線之前接通。

「喂，克萊爾？」

「啊，恩佐嗎？」

「對，你還在學校嗎？」

「嗯……恩佐等一下，我回頭致電給你。」

「啊，好。」

克萊爾就這樣掛了線。

工作室內有其他同學正在收拾桌上的東西，也有的先行回家，遲些再回來慢慢收拾。我嘗試等朱利安與克萊爾卻久未見人之際，肚子咕咕作響，這才記起自己還未吃晚飯，決定先到校外買個貝果填一下肚子。

走出學校時天色已暗，街車的燈光劃破柔和的春風。就在此際我瞥見朱利安，與一個女生的背影，站在對街街燈下的不遠處、朱利安座駕的旁邊。

那是克萊爾的背影。我一眼便認出。

我停下腳步，呆呆看著他倆。朱利安以認真的神情，對著克萊爾說話，而我只能看著克萊爾的背影，不知道她臉上是掛著怎樣的表情。

時間變得很慢，很慢。朱利安以雙手握著克萊爾的雙臂，定睛凝視著她，在對她說過一句話後，便把克萊爾一擁入懷，進入靜止的狀態。朱利安彷彿要把時間停住那樣，緊緊地抱著克萊爾。

街燈從上而下的光線，把他們的擁抱照得光影鮮明。

下一秒，朱利安發現對街，正呆呆看著他倆的我。

朱利安沒有鬆手，一直抱著克萊爾。

一邊凝視著對街的我。

靜夜的森林，只有月亮的光芒微弱地照亮地面一切，一頭獵豹捕獲了獵物，把牠帶回去樹叢的暗處。另一隻似是捕獵者般的動物在不遠處走過，不小心與獵豹四目交投。獵豹口裡叼著獵物紋絲不動，在叢林中瞪著路過的動物，似是一個警告——「不要靠近」，又像明確在告訴對方——「口中的獵物是我的」。

朱利安正以這種眼神給我發出訊號。

「啊，原來是這樣嗎？」我心想。

「原來是這樣……」

「原來，是這樣嘛。」我內裡的聲音，一直重複這句。

我雙腳不由自主地退後了數步，然後慢慢轉身往回學校方向走去。可是不知為何，我雙腳沒有走回學校大樓，而是漫無目的般走在靜夜的士巴丹拿道之中。

我的一個摯友，與我另一個摯友走在一起，有甚麼比這樣更值得高興的事呢？我的理性對我這樣說。

我正用盡一切所能去否定從心底蠢蠢欲動的負面情緒。只是，那股如潮浪般的鬱結一湧而上，又無處可容。

那個眼神代表甚麼？你想跟我說甚麼？

為甚麼要用那種眼神看著我？

❖・❖・❖

那年夏天好像比往年的雨量多，或總是天色灰暗，我與偉也報讀了一些暑期課程，同時看著我設計的木亭，一天一天，在細雨中的校園草地上興建。

整個暑假，我跟朱利安和克萊爾也沒有聯絡。從李察口中得知，朱利安也回港，與克萊爾一同在她爸爸的事務所當暑期工。

而那年夏天，我認識了一個與克萊爾完全相反的女孩。

唔，或許不能說是與克萊爾相反，而是這個女孩，完全不像任何我曾經接觸過的女生，她是沒有範例，完全獨特的存在。

某一個中學時頗要好同學，就讀市內另一所大學，剛巧我的同學與這個女孩也上同一個暑期班。很多時候暑期班只有上午的課，我們相約下課後在兩所大學之間找個中間點聚聚。那個下午陽光燦爛，我們約好在一間墨西哥快餐店吃玉米卷，而她帶同了這個陌生的女孩來。

智惠是這個陌生女孩的名字，跟朋友就讀同一所大學的時裝學系。這位從香港移民過來只兩年多的女孩，個子不高、大眼睛、時尚，而她給我的第一印象是，就算沒有特別掛上笑容，她的臉也是極具讓人安心自在的親和力。

那頓午餐十分愉快，天南地北，甚麼爛笑話也能跟她亂說一通，而她往往能回應一個比我更好笑的梗。滿滿的幽默感，只要跟她隨意聊天也能教心情愉快起來。

這是她給我的第二印象。

我們互相交換了十分良好的印象，很自然地也交換了電話號碼，就在當晚，我倆隔着電話一直談到午夜，交換了彼此的歷史。

爽直的她，說話從不轉彎抹角，喜歡便說喜歡，不喜歡便說不喜歡，當她說無所謂時就是懶得選擇，不會暗裡藏著潛台詞。往後一個月，自然地每晚通話，自然地於週末約會、看戲、吃飯、接她下課。然後在一個約會後的夜晚，自然地牽著她的手，自然地告白。

一切自然得，就像是早已寫好了劇本，而在一起是必然發生的事。

就這樣，我跟一個只認識了一個月的女生走在一起。

之後，不知為何，整個暑假好像也沒再下過一場雨，總是放晴，跟我的心情一樣。

就這樣，這樣就好。

❖ · ❖ · ❖

九月，新學期迎新週的頭一天，除了一年級生外，不是每個學生也會回校。我送了智惠到她的學校後，便乘公車回到我的大學校舍。

走進建築系大樓，一種期待與抗拒的情緒同時湧現。

迎面而來的，是朱利安。

看來又成熟俊朗了一點，久違的朱利安。

朱利安從遠處向我打了一個禮貌而和藹的招呼，隨後繼續慢慢向我走過來。

「喂。」朱利安就只向我發出了一聲「喂」。

「暑假過得怎麼了？」我本想用一種冷漠的態度回應他，但還是放棄了。

朱利安沒有特別回答我的問題，眼神似若有所思的看向一旁，然後說：「陪我抽口煙吧。」

「嗯。」

我們走到學校另一邊的門外，門前的草地上放著我設計的木亭。

朱利安用不具侵略性的眼神看著木亭，帶著一條纖幼卻閃亮的金屬手鏈的手，把一根煙輕輕放在嘴裡燃點，抽了一口，再緩緩把煙呼出。

良久，我們都沒有說話，只有夏末的蟬鳴與路過的街車跟路面的磨擦聲。

朱利安定睛看著木亭，再呼出一口煙，說：「真的不錯呢。」

「謝謝讚賞。」我說。

我們的視線都停留在木亭上，然而沒有一個路人走進去。

「啊，等等。」朱利安似是突然想起甚麼，從他的斜背包裡，拿出了一本書給我。

「這個送你的。」

我接過朱利安手上的書，然後他繼續抽煙，視線又回到木亭上。

《圖解日式榫接》，是書的名字，說實話我感到一點意外。

「謝謝。」我笑著說。

朱利安向我報以一個如釋重負般，像是打從心底流露出來的微笑。「臭小子……」

一切嫉妒、不屑、糾結、自責、歉意、原諒，都一笑置之。男人與男人之間的溝通，很多時候不需用語言表達。更好的朋友，間中也有彼此傷害的時候，但如果真的珍惜一份友誼，待大家都沉澱了情緒，然後找個機會，給對方一個下台階、一個眼神、一個笑容，過去的對錯就別說太多。當然，我亦從中明白，像朱利安般，可以很照顧身邊的朋友，可以是人生中不可多得的兄弟，只要……

只要不觸碰到他自尊的底線。

在夏末的微風中，朱利安抽完他那根煙，踏熄了煙蒂。

我與朱利安都好像都放鬆了許多。

「我是真心喜歡她的。」朱利安突然說。他所指的是克萊爾。「你相信我嗎？」

「我相信你。」

❖・❖・❖

「麻雀枱。」智惠對我說。

開學第二天，智惠只在上午有迎新的短課，我強行帶她過來我學校這邊，看我設計的、在草地上蓋好的木亭。她看到後絲毫沒有一點興奮，我便不斷在她耳邊解釋，設計上是如何運用了十多種不同的木榫接合方式、每根樑柱均是本地原木，連方位也考慮到日照角度等等等等。我問她對這木亭有甚麼感覺？她說，像一張麻雀枱。

我不服氣，期望她能認真地感受一下這個木亭的概念與設計。她看著木亭，轉頭看我一下，又轉頭看向木亭後說：「嘩，太厲害了！完全體現到傳統工藝與現代技術的結合！那些骨直的木材層層重疊，形成強烈的層次視覺效果，仿如置身歷史與未來的狹縫之中，實在太厲害了！」

智惠用七情上面的表情說完後，便收下她假裝的興奮：「你無非是想我這樣讚美吧？可以去添．柯頓了嗎？我想喝冰卡布雷諾。」然後拉著我的手往添．柯頓方向走去。

我低下頭，有點兒的沒趣與失落。

此時挽著我手臂的智惠，似乎意會到我的垂頭喪氣，收起平日輕浮的臉低聲說：「其實是不錯的喇，只是你看，一個進去的人也沒有……」她這番話讓我呆住，回答不上來。

是的。在我提交比賽的立體圖上，我是畫了不少人在使用這個木亭的。

「那些不同的入榫方法我看得到，也覺得很有意思，可是，我是在跟你認識後，被你不斷跟我分享建築相關的事，我才開始懂得欣賞建築的美，就如我強迫你看時裝資訊一樣，在還未遇上我之前，你不也是從衣櫃裡隨手找到甚麼衣服便往身上放嗎？所以不要過份期望一般人看待建築設計，能跟你們所想般那麼重要。但同時，也不用太氣餒，沒人為意也不代表設計不佳嘛！看你現在一副消沉的樣子！能看到自己的設計被蓋起來本就已經很棒了，不是嗎？快提起精神來！」

我點點頭，回以一個微笑。

這個女生常在我自以為了不起而洋洋得意的時候，讓我保持謙卑。

我跟智惠在添．柯頓吃過簡單的貝果做午餐，喝著冰卡布雷諾，感受著窗外依然猛烈的夏末陽光，頓覺暑假好像還沒完結那樣。

一個新學期與一段新感情的開始，彷彿一切都是那麼讓人期待。看著智惠從容地享受沙冰般的卡布奇諾，不知為何心情就是輕鬆愉快。

「你要上課嗎？下午我沒課，想去皇后街西逛一逛。」智惠搖著手中的冰卡布奇諾。

「真寫意，我還有課要上呢，但估計一兩個小時就完結吧，新學期的第一課應該不太長。」我說。

「要等你一同回家嗎？我逛完街打電話給你，看你下課沒有。」

「好，那走吧，我要回學校了。」

我們動身一起往大門方向離開之際，克萊爾剛巧正推門進來。

那是一種尷尬的四目交投。

克萊爾顯然有點錯愕地望著我，與正跟我十指緊扣的智惠。

我腦裡強行運算該用甚麼態度、情緒、語氣來打個讓氣氛不至突兀的招呼。於是我勉強抬起手，從口中擠出一句生硬的「你好」。

「很久不見了恩佐，嗯，這位是？」克萊爾問。

「啊，還沒介紹，她是智惠。」我向智惠說：「這位是克萊爾。」

「啊……」智惠好像發現新大陸般，往克萊爾全身上下打量一番：「你好克萊爾，久仰大名。」我與智惠之間基本上毫無秘密，所以她已從我口中聽過這位曾經是、現在卻還不確定是不是的好友。

「啊，智惠你好。」克萊爾一時還未擺脫她的一臉尷尬：「智惠也是唸多大嗎？」

「不是的不是的，今天他硬拉我來看他的作品，我本來準備去逛街呢！哈哈哈哈，那我先走了，下次見！」智惠笑著與克萊爾道別後便轉臉對我說：「下課打給我，看在哪裡會合吧。」然後她跟克萊爾再點頭，帶著輕快的腳步走出門口。

克萊爾的視線也跟著智惠的身影走進午後的日光，而且她的視線，好像停滯在智惠的殘影一會，然後才猛然醒覺般的回頭對我說：「真是個可愛的女孩呢。」

「嗯。」我對克萊爾的評價給予肯定。

「等我買杯咖啡，一起回學校好嗎？」克萊爾先開口。

「好啊。」

距離那晚在校園門外看到她與朱利安後，距今已大概四個月。克萊爾經過一個夏天的洗禮彷佛又成熟了不少，可能是初嘗職場與新感情生活的關係。她及肩的短髮隨著步伐與微風飄逸，一件淺色的麻質上衣襯上闊身長褲，肩上掛著似是名牌的手袋而不再是學生背包，手腕帶著一條纖幼而閃閃發亮的手鏈。比起大學生，她更像一位在商業區工作的職場女性。

我們之間從無所不談到沒有聯繫的關係，算一算才不過是半年內的事。我不知道她是如何想，只知道這樣的話，大家都會習慣彼此變成點頭之交。或許會有一絲惋惜曾經深厚的友誼，但再過多一陣子，可能一個月、三個月，或半年也說不定，連惋惜都淡化，最後記憶中連友誼的痕跡亦消失。

走在書院街，我猜大家都想找個話題來開口，只是突然不知可說甚麼，或該說甚麼才好。

「怎麼嘛，打算一直不跟我說嗎？」二人並肩走了好一陣子，克萊爾按捺不住先打破沉默。「我指交了女朋友的事。」

「那你呢？」當我下意識地回了這句後，便瞬間感到後悔。這句話令大家都尷尬，然後又退回彼此沉默無言的狀態。

當我們停在街口的紅綠燈位置，換我試圖以一個無傷大雅的問題，嘗試打破這層隔膜。

「在事務所工作有趣嗎？」我相信她也清楚，我知道她暑假與朱利安同在爸爸公司內工作的事。

「唔，還好，也學到些實際工作流程。不過大部分的時間都在電腦繪圖，偶爾也做些立體模型之類。」

「聽起來好像不錯嘛。」

「還好，但不見得很有趣，都是做一些重複性的工作，跟學校所學到的好像完全兩回事。也沒有特別抗拒，反正都是工作吧，反而同事們都對我很好。」

「誰會對老闆的女兒不好呢？」

「不是的，也不是甚麼大公司，爸爸只是其中一個老闆，況且他本身也沒甚麼架子，所以每天中午我都跟同事大伙兒午飯。我現在是灣仔通呢，在灣仔要找甚麼好吃、哪裡便宜、哪裡坐得舒適我也通通知曉。」克萊爾笑著說。雖然感受不到她對建築或從事建築業的熱愛，有甚麼憧憬之類，但能到爸爸的公司工作，了解她父親工作上的一面，相信對她來說是具意義的。

然而，克萊爾似乎沒有打算跟我談及，她與朱利安之間的事。

「不要說我了，從實招來，在哪裡認識到這麼可愛的女生？」克萊爾以故作質問的語氣對我說。

「可愛嗎？嗯，是吧。」

「不是說好要先讓我幫你過目嘛？」

「你又不在，我把她寄到香港給你看嗎？」

「臭小子，快說！」克萊爾喋喋不休地盤問：「還不是同校的，你這個暑假到底做了些甚麼好事？她在哪裡唸書？」

「唉，朋友的朋友，就這樣，在懷雅遜（註：22）修讀時裝的。」

「還修讀時裝？難怪看起來那麼時尚！你怎會吸引到這麼棒的女生的？」

「你也能吸引到朱利安，那我憑甚麼不能吸引到像她般的女生呢？」

忽然提起朱利安的名字雖有一絲擔憂，但感覺，終於回到從前我與克萊爾之間的溝通方式。我相信彼此也在努力尋找方法，希望回到像這樣跟對方輕鬆交談的狀態。不知為何內心像是鬆了口氣，現在大家身邊各自都有另一半，那就再沒有丁點含糊的部分。

這樣可好。

在差不多回到學校門口時，我想大家都一口氣把今天能說的話題說完。在經過我設計的木亭時，克萊爾建議走進去看看。她細看著木亭的木榫結構，然後嘗試坐在亭內的木椅上，把手袋放在身旁。

她端莊地側坐，微風搖曳著她的秀髮，於是她以指尖把頭髮撥到耳後。我看著她的身影沐浴在木簷格柵的光影之下。

克萊爾是優雅的存在。

在日光與微風都柔和的環境下，彷彿一艘小船躺臥在平靜的海面。

「你呀，那時不是打算刻意迴避你，」克萊爾欲言又止：「只是那刻……好像有點背叛你的感覺。」

我沒有預期克萊爾跟我這樣說。

有些事情，在不對的時間、不同的身份時，就應該不要說出口。

第六章

幼兒園

配樂 ── Iki / Hideyuki Hashimoto

「做！當然做啦！」積奇肯定地說。

初秋的週末早上，陽光、空氣、溫度、環境的聲音，與心情都柔軟如棉。又到了跑步的季節，已經跑了七公里多的我與積奇，坐在堅道花園的水泥與木蓋成的涼亭下，喝一口水，小休片刻，好讓有力氣完成我們今天設定給自己的、餘下的跑步里數。

積奇是我公司裡的好友，比我小兩歲，但已經是其中一位總監。當我跟他說有關李察與彭世伯的貴賓室室內設計項目時，他二話不說表示贊成。

「真的要接嗎？我們從未做過這類型的項目。」我一邊調整跑步後休息下來的呼吸，視線漫無目的停留在前方的公園景物，一邊跟積奇說。

「沒做過不代表做不到嘛，我們不也做過餐廳與辦公室之類的設計嗎？那都是差不多吧。」積奇說。

「也不是一定能得到這個項目啦，他們也需要走招標程序的。」

「這個當然知道，星期一我先吩咐同事做份報價，你再電郵給你的朋友吧。」

我沒有合理的原因去推搪，或游說公司放棄投標這個項目。我連自己為甚麼對這個項目會有猶豫也不能具體說清楚。可以跟自己的好友一同合作，兼讓公司發展一個新的領域，絕對是極佳的機會，再者李察公司所給予的設計費用也一定不會差。然而對於這個項目，我就是有種莫名的抗拒。我嘗試思考那種抗拒感的緣由，會否是自己潛藏對朱利安的負面感受而不想跟他合作，就好像我總推搪著他關於去紐約的邀請一樣？是本身對彭世伯有種不能言喻的畏懼？又或許是其他因素，我真的不知道。但現階段可能是自己想太多了，反正誰也不能擔保必定是我們公司接到這個項目，到了真的成功中標並商討細節之時，再決定也不遲。

微風之下坐在這座涼亭之中，彷彿有些記憶隨風飄過我的腦海。

對了，那座木亭。我曾經設計過的木亭。

在設計的立體效果圖裡，我放了不少舉止優雅的人在木亭之中。有看著書的人，有端正坐著談著天的人，有拿著咖啡看著風景沉思的人，甚至有拿著木結他在彈奏的人。但現實是，木亭蓋好了之後，每次經過所見就如智惠所説，願意走進木亭的人連一個也沒有。沒有人坐在裡面看書、談天、沉思，或彈奏木結他。那個木亭，除了我自己之外，我見過曾經走進去的人，就只有克萊爾而已。

現在回想，就算在香港我看到過的涼亭，縱然使用人數遠比在加拿大的來得多，但也很少有人優雅地坐在亭中看書、沉思、彈結他。有的多是等待孩子在公園玩耍，而坐在亭中滑手機的父母，有脫了鞋後翹起腿讀報的老伯，也有像我和積奇一樣，跑步至汗流浹背，純粹需要一個可坐下的地方的中年男人。

大概當時年少無知，總會過度幻想自己設計出來的東西對周遭的影響；又像是一種輕微的認知失調，認為所有使用我作品的，都盡是一些詩意又優雅的活動。

那很矯情，不是嗎？

但又在想，假若所有的建築設計效果圖，也必須完全真實呈現將來被應用時的環境氣氛，感覺不就好像在初次見面約會時，既不施脂粉亦全不打扮，讓自己不堪的真面目完全展露一般，這是另一極端的匪夷所思，也是另一種矯情。

我們都活在容許某種美化的世界之中，那種美化不反映現實，讓人人保留一部分現實以外的想像，也許是我們社會中不用言明的共識。

就好像我身處的這個社區公園，不知為何我好像對它有著某種印象，一種莫名的情感曾經在這裡存在過；在我腦海之中，彷彿看到櫻花緩慢地散落般的美麗景象。那當然都只是我不知從哪裡來的主觀、被美化的幻想。

我與積奇身處的這座公園涼亭本是平凡普通不過，然而對跑得疲累的我們來說，這是個無比舒暢的地方。我們都沒有再提起腳步的意欲。

「你啊，要好好跟你那兩位好友聯絡聯絡，看看有沒有其他的項目是我們能幫忙的。」積奇說。

我沒有給積奇太多反應，我看他一眼後視線便回到面前公園的初秋光影，隨口說一句「再看看吧。」就這樣希望把話題帶過。

「不要總一副吊兒郎當的樣子，不知有多少工作室想接近他們也苦無機會呢？你都知道我們的市場越來越窄吧，先加把勁將這個項目拿下來好嗎？」積奇喋喋不休地說。

「差不多吧？還有三公里，快點跑完便去吃早餐啦。」我突然動身開始跑起來，只聽見積奇在我身後來不及反應地「喂！喂！」大喊，才重新站起追著我的步伐，往堅尼地城方向跑去。

我一邊帶著輕微酸軟的腳步，在般含道往西方向跑，一邊心不在焉，腦海完全被李察與彭世伯的邀請所佔據。雖說項目最終花落誰家，還是要經過招標程序，但我又怎會不知道，以彭世伯在其公司的地位，這樣一個小小的項目又怎會左右不了決策？我有預感只要我願意，這個項目必然會落到我們公司手裡。

問題是，為甚麼要找我？何以會考慮選用我所任職的、毫不起眼亦欠出色案例的小型設計公司？基本上以彭世伯企業的實力，任何知名的工作室他們也能聘請得起；即使是預算上的考量，他們還是有許多選擇，無數初創或小型工作室均會前仆後繼地以低廉價錢搶接相關項目。

難道，單純只因我是李察的好友？是朱利安的好友？

「白痴，當然是這樣啊！」心裡有另一把聲音在揶揄我的天真。

說的也是，就看我所任職的公司，有那個項目不是依靠老闆、積奇，或是其他高層的人脈網絡關係而得來的呢？不是他們的朋友，就是朋友的朋友、從前的工作伙伴，又或客戶的朋友之類互相介紹而找上我們。有那一個客戶是單純看過我們的作品後十分欣賞，而主動找上門的？

不是沒有，只是萬中無一。

突然想到，如果建築設計行業成功的其中一個因素，就如許多其他行業一樣，需要懂得建立人際關係、擴闊社交網絡的話，我覺得在大學的建築教育內，應該要早一點給學生相關的訓練，就算不正式教授，也應提醒學生們將來要留意這點。我接觸過太多才華橫溢的同學或同事，因著他們內向、不擅交際的性格，令他們在業內毫無寸進；也遇過欠缺設計天份，但長袖善舞、交遊廣闊的人，在業內如魚得水。當然，同時有不少人進入建築界，只不過想安份地打一份穩定的工作，那跟懂得設計與否，又或個性內向外向都毫無關係。

想到這裡，不知為何有一股氣餒湧上心頭，令我無法集中。因沒有留意路面的情況，在走過般含道大榕樹對面的行人路時，不小心被凹凸不平的路面絆倒。

這感覺真討厭。

不獨因為被路面絆倒，我的心還好像被現實、被世界運行的原理一併絆倒般，一下子跌在地上，弄得雙手與膝蓋都被擦傷，流着鮮紅的血。

這樣一跌，好像把所有的思緒也跌了出來，腦袋頓時一片空白。

積奇慌忙地追上來把我扶起，離今天目標的最後兩公里唯有放棄。他扶著我到附近的便利店購買藥品與膠布貼上後，我決定今天也稍微放縱一下自己，即使之前燃燒的卡路里白費掉也沒關係，仍一拐一拐走到最近的茶餐廳，來一份餐肉雙蛋公仔麵，多牛油又像近乎烤焦的多士，再配以一杯熱鴦走（註：23），來填補內心似乎失去了又不能具體說明的甚麼。

❖・❖・❖

好不容易回到家中已是下午一時多，發現智惠不在家，才記起她今天約了朋友午膳。我費了不少力氣與技巧來洗澡，要避免讓水接觸到傷口，之後經已筋疲力竭，急急躺回床上倒頭大睡。

到我醒來的時候已經是五時多，客廳傳來電視節目的聲音。我動身一拐一拐的走出房門，看見智惠盤膝坐在沙發上，拿著一包卡樂B（註：24），看著平板電腦內播放的綜藝節目捧腹大笑。

「喂，你可否拿隻碟墊著來吃，沙發都是薯片碎了。」我說。

智惠顯然沒有理會我的碎碎念，我唯有走到廚房拿出一隻碟，再自己拿了一雙筷子。我把碟遞到她面前，她接之際才意識到我雙手與膝蓋的傷。

「雙手怎麼了？」智惠問。

「跑步時跌在地上受傷了。」我答。

「白痴，跑個步也跌成這樣。」智惠又回頭看著節目哈哈大笑。

「很痛的，當時。」

「只是皮外傷，死不了人啦。」智惠的視線沒有離開過綜藝節目。而我硬是要站在她面前，強行逼使她說句，作為一個妻子看到受傷丈夫應有的安慰。

智惠察覺我站在她面前沒有離開，當然完全知道我的意圖，抬起頭望著我說：「又怎麼了？……啊，唉呀，我的寶貝，應該很痛吧？真可憐，多可憐呢……再見。」她假裝一臉同情地揶揄了我，便轉頭直接投入到綜藝節目裡，一邊伸手進卡樂B的包裝袋裡拿出一片放進口中。

「唧……」我對她的冷漠發出了一個不滿的聲音，然後坐到沙發的另一端，剛巧她手中的卡樂B就在我面前伸手可及的距離。我趁她全神灌注看節目之際，嘗試用筷子伸到包裝袋中夾出一片大的薯片，可惜因筷子觸碰到包裝袋而發出的聲音與震動被智惠發現，她隨即把那包卡樂B從左手換到右手，到我伸手不及之處。

「那是我買的。」我對她又發出另一個控訴。

「唧……」智惠不情願地往包裝袋裡看，然後從裡面拿了一片如尾指指甲般大小的薯片遞給我。

我想了想，然後用筷子從她手中夾走那片薯片，再想了想，便把薯片塞進她的口中。

我百無聊賴，見她在看綜藝節目正看得興起，而好像完全沒有想過，晚飯時間都快到了。

「啊，下星期約克萊爾跟朱利安晚飯，好嗎？」我問。

「吓？你跟他們去便可以啦，我最怕應酬了。」

「甚麼應酬？你跟他們也認識這麼多年，人家難得回港，還開口說想見你呢。」

「好啦好啦，別碎碎念了，你先約他們吧，我哪一晚也行。」

智惠的性格很特別，她絕不是個內向的人，每每在任何聚會中，她都能搭得上對話主題，天南地北無所不談且毫無架子，所以她的朋友都喜歡找她談天，也常被身邊人認為她是個熱情的人。但這可能是其他人對她的一個小誤解，因她對經營或維繫一段友情這方面十分懶散。她就像一頭貓，好像心理上即使一個人亦能自得其樂。故此大部分時間也只有朋友邀約她，她很少主動約會朋友。

「啊，說起朱利安，給你看些東西，我看到他好像又有設計登上雜誌了，等我一下。」智惠在平板電腦上關掉綜藝節目，然後在瀏覽器上找來找去。

「是甚麼項目？」我好奇問。

「簡直像是個為色盲兒童而設的幼兒園……」

「甚麼色盲兒童？」我從沒聽過有這種需要特殊設計的幼兒園。

「啊，找到了！」智惠把平板電腦遞給我。

眼前的照片，是一個近乎完全米白與淺灰色的空間，當中的燈光平均從天花往下滲透，空間中沒有光影之分。兩個穿著素色衣服的小孩殘影，是快門來不及清楚捕捉他們的走動。在近乎米白的淺木色地板上，有一架同樣是淺木色的小火車與白色的積木玩具。

這種超現實風格，感覺有如一個科幻電影內，關於未來太空站中的兒童設施空間場景。而這個畫面，很順理成章地能在建築雜誌上刊登。幼兒園在九龍塘，照片就只有兩三張室內環境，而照片下方的一段文字，當中以粗體列出的「司馬建築事務所」最為搶眼。

朱利安沒有特別告訴我關於這個項目的一切，而似乎他在建築界的知名度已一點一滴在累積起來。

「看完了嗎？我想把我的綜藝看完。」智惠伸手拿回她的平板電腦。

「你覺得怎樣？」我問智惠。

「甚麼怎樣？」

「幼兒園啊。」

「啊，漂亮是十分漂亮，對大人來說，但我才不會送我的小孩進去唸書。」

「為甚麼呢？」

智惠側著頭，用一種帶輕蔑的眼神看著我：「你不知道色彩對兒童，特別是幼童的影響嗎？不是不知道吧？我才不要我的小孩上完幼兒園後便弄得感官遲鈍。」

我當然知道色彩對兒童成長的重要性，但也未至於如智惠所形容的那個程度吧？會到那種程度嗎？其實我不知道，因為我沒有認真研究過。我所接受過的建築教育也沒有系統地、科學地去告訴我關於顏色與人的影響。

「你們這幫建築人就是活在自己的圈子裡自說自話，也不去看看心理學、精神學、哲學、經濟學之類的其他研究，看看那些範疇如何看待人與環境之間的關係。」智惠再補充多句。

我無言而對，老羞成怒後便改變話題。

「好了，我餓了，我們到外面吃吧……想吃甚麼？」

「隨便吧！反正樓下都是千篇一律的連鎖餐廳。」智惠道。

「那你快更衣吧！」我催促她一輪，才勉強地回到房間更換衣服。

自從數年前因房租上漲的關係，我與智惠從般含道的小居所搬至將軍澳一個兩房單位。昔日很多時候，我們會在舊區找些特式小店吃晚餐，現在嘛，往往週末也不出市區，在樓下的商場隨便找間連鎖餐廳吃吃便算，整天也可以不用走在街上。很方便是吧？說實在的，對飲食沒有很高要求的我與智惠而言，連鎖餐廳的味道不會太差，環境衛生也不過不失，連每家店的餐牌也容易讓人背誦下來。只是我永遠記不起，上星期，或再之前在商場哪間餐廳吃過了甚麼，就連一點印象也沒有。相反我在舊區小店用餐，留下的印象總是深刻的。

長期與商場生活，無論裝潢有多奢華亮麗，也只會帶一種無法留下任何記憶的安全感，一種令五官與味蕾退化的麻木感。

不知為何突然又聯想到——或許到另一個城市生活一下也不錯。

例如，紐約。

「如果我們搬到紐約，不知會怎樣？」我向著房間的方向大聲說道。

剛換完衣服、從房間走出來的智惠望了我一眼：「我當然想留在香港啦，如果有得選擇。」她邊回應我這個突如其來的問題，邊走進浴室。

她在鏡子前輕輕的補妝：「但如果你覺得與朱利安發展事業是一個夢想，不試過的話將來會感到遺憾，那我唯有跟你去吧。」

對於這個回應，我並沒有感到興奮，也無半點焦慮，說實在的，我沒有期待她會給我甚麼答案。我甚至不知道自己何以會提出這個問題。

「但你不如先問問自己，是否真的想跟他到紐約去。假若這次的項目成功接下來的話，就當試試與朱利安合作，看看是怎麼一回事再說。」

她突然不知從哪裡把一些傷口護理用品找出來，放在我的身旁。

「傷口要每日清洗，還有，不要再拿我作去與不去紐約的擋箭牌，跟別人說甚麼『智惠不會適應紐約的生活』之類。好了，走吧。」

也是的，智惠說得對。

之後的數個星期，我與積奇循例到了李察的公司做一次公司簡介，循例做了一份設計顧問的報價發給他們，循例再按他們的要求在報價上作出調整，再循例等待回音。

一個月後，積奇收到項目的設計顧問服務授予電郵。

一切循例地合乎預期。

第七章

圖書館

配樂｜Foresight Light / Haruka Nakamura

我呷了一口黑咖啡，不帶半點酸味，咖啡豆是店主昨天才烘焙出來的，感覺跟我理想中的味道相去不遠。我點的還有一份雞蛋三明治早餐。

我很興幸早上能喝到黑咖啡，而不是美式咖啡。特別是遇到一些店，他們說有黑咖啡供應，最後遞到我手上的還是一杯熱美式，這種事情往往讓我十分為難。黑咖啡就是從手沖，或普通的滴濾咖啡機做出來便可。美式咖啡上那層拖泥帶水的油脂層，對我來說，這只能出現在濃縮咖啡上，這樣的話，我寧可點一杯濃縮咖啡，或是喝一杯白開水倒也沒問題的。

陽光從翻新的黑色窗框闖入室內，碰上了窗外、內的植物，教植物的影子灑落在桌上的木紋，打在粗糙的陶瓷咖啡杯身，也在黑咖啡的表面反映出了清晰的倒影。

我曾經說過，早晨的樹蔭，是大自然給我們的鎮靜劑，到今天我仍如此相信。

我在上海徐匯區，一個活化小社區中的咖啡廳內，吃著早餐，等待朱利安與李察到來。

不經不覺距離貴賓室這個項目的開展已有一年半時間，而這趟旅程，將是我最後一次為了這個原因而出差。我們只用了四個月時間作設計，然後花了數個月一邊交給設計院報審，一邊進行總包的招標，最後再用了約九個月的時間進行內裝工程，而這次出差的其中一個目的，就是為貴賓室進行缺陷檢查。

其實缺陷檢查會議安排了在明天上午，而真正動手進行檢查的是另一位年輕同事，他今晚才會抵達上海。我在整項工程中的角色，除了落手進行設計之外，與客方交流與交際、保持良好關係，也是工作的一部分，所以我昨晚便到來，為著騰出今天的時間來跟朱利安與李察聚聚。

朱利安這次來上海當然不只為了缺陷檢查會議。貴賓室所在，由他設計的這個綜合商廈與商場項目下個月也快將開幕，故此他必須在完工前的最後階段加倍謹慎，確保一切如他所設計的那樣。

而他一直也希望帶我到他所設計的那間圖書館看看，所以今天李察會安排交通，載我們到離上海兩小時車程的圖書館走一趟。

這短短一年半，朱利安的名聲早已更上一層樓，尤其在亞洲地區，因此他留在香港的時間比紐約還要多，克萊爾每次也跟隨他回港。新的項目受雜誌採訪報導、一個接一個的講座、到大學作客席評審，他總是忙得不可開交，就像一根剛被擦著的火柴般熊熊燃燒著。

他常掛在嘴邊，一直苦苦追求的「話語權」，好像已經得到了。

這年半與朱利安的合作倒是愉快的。雖說我們公司是貴賓室的設計師，但朱利安作為整個項目的設計總監，意見提出及參與方面亦不少。我有點意外的是，朱利安在項目上願意花費的時間跟心思都比我預想的多，我們坐在一起，討論不同的點子，假想客人從入口開始走進內裡的動線、所感受到的氣氛轉換、怎樣的細部處理方能含蓄地配合到整個項目的建築語言等等。有一刻，我們就像回到大學的工作室那樣，毫無保留同時彼此尊重地討論，只為創造出一個讓各方也滿意的設計。

我一直覺得自己就像是一根受潮的火柴，怎樣也生不了火似的，直至突然碰上了一根點燃著的火柴，隨即也跟著發出光芒。

這次愉快的合作，讓我放下一點與朱利安共同工作的抗拒感，默契也隨著時間建立得越來越深厚。有一天我在想：或許，跟他一起到紐約工作會是個難得的機會，甚至是人生的轉捩點。在事業上，有甚麼比跟一個有默契、有能力的伙伴合作，且成功的目標顯然已在不遠處，更令人雀躍呢？

只是，他在尚未成名前便已向我伸手，那時我沒答應，好了，到現在朱利安已貴為天之驕子，這下才決定跟他合作的話，似乎早已過了最適合的時機。更重要的一點是，當初我沒答應他邀請的理由，如今是否真的經已完全解決了？

掛在門上的小鈴響起。朱利安今天一身灰綠色的西裝套裝，內襯白色圓領針織上衣，腳踏著一雙普通不過的白布鞋，彷彿他無論怎樣隨意配搭，也瀟灑得像個模特兒般耀眼。

今天他沒有束上馬尾。

「喂，你點了甚麼？」朱利安看到坐在窗旁位置的我便走過來，邊問邊坐下。

「雞蛋三文治，黑咖啡。」我說。

「幫我也叫一份雞蛋三文治、一杯濃縮咖啡吧。」

「你沒有腳，不懂得走到前檯點餐嗎？」

「臭小子，甚麼事都斤斤計較，剛剛怕要你等所以特地跑來的喇！」

「少來這一套，跑過來的話就連絲毫喘氣也沒有？」我動身準備幫他到前檯點餐，「濃縮咖啡要不要加糖啊？」

「不用。」朱利安爽快地回答後，便淘出手機，埋頭到屏幕裡去。

我替朱利安點過早餐，侍應生給了我一個電子訊號機，待餐點準備好後便再到前檯處領取。我回到坐位，看著被樹蔭影子灑滿身的朱利安，一頭及肩的長髮，其氣質跟這個咖啡店的氣氛，以及今天的陽光全都融為了一體。

朱利安把手機擱在檯上一角，望向窗外柔和的街道風景：「這個社區活化得不錯。」

確實是不錯，有優雅的小店，有咖啡的香氣，有露天的長椅，有給四周點綴的樹蔭，也有微風。

確實是不錯，對我，一個外來者來說。

然而對於從前住在這個社區的人來說，家園被改頭換面，會是怎樣的感受？這種活化又存在甚麼意義？

這讓我聯想到自己小學時代生活過的灣仔皇后大道東一帶，從前是個本地平民階層的住宅區，人流不多，間中我會陪伴家人到灣仔街市買菜。巴士站前坐著賣芽菜的老婆婆，石水渠街的五金鋪傳來刺耳的鋸鐵聲，舊郵局、老麵包店、曾經囍帖街上的文具店、大佛口的民間傳說……一點一滴，就這樣堆砌了各種我不能磨滅的童年記憶。

現在偶爾再回到大道東，縱然舊街市與舊郵局的建築物被留下，但它們已被「活化」成豪宅的大堂，和一個關於環保或甚麼的資源中心。老麵包店的顧客由街坊變成旅客，囍帖街變得奢華高尚，賣芽菜的婆婆亦已仙遊，社區的民間傳說都漸漸被遺忘。走在街上滿是說外語的人，彷彿從前的感覺，連同曾經住在這裡的人一同搬走。

我跟朱利安一同看著窗外，不其然嘆息了一句：「不知道從前這個社區是甚麼模樣？」

「嗯，」朱利安說：「對於我來說，從前這個社區的模樣應該不會令我們感到漂亮或發出任何讚嘆；我亦相信，從前住在這個社區的人今天回到這裡，也無法勾起太多他們從前的回憶。」

「聽起來好像很傷感似的，彷彿我們都很難把集體回憶好好保存。」我說。

「那也無可避免。我問你，集體回憶所指的『集體』，實際是指甚麼？」朱利安啟動了討論模式。

「就是一堆相關的人、在同一個社區生活的人，有共同社區環境記憶的人。」我說。

「那麼，這一批人會老、會死嗎？」

「繼續說吧。」

「我想說的是，環境因很多因數不斷在變，至少香港的環境是這樣，我們很難跟巴黎或日本鄉郊一樣能好好保存城市或環境的肌理。我們上一代的集體回憶，顯然與我們這一代的集體回憶有所不同。記得你也曾經說過，灣仔的大有大廈是你第一份工作的上班地點，有很多回憶在那裡；你也曾經說過大有大廈的舊址是一間叫英京的酒家，是你父母結婚時辦喜宴的地方。那你父母想必只對英京，而不會對大有大廈有任何感覺吧。」

電子訊號機沒有響起，侍應生已把朱利安的三文治與咖啡放到桌上，然後收起訊號機離開。朱利安呷了一口濃縮咖啡，繼續說：「有時自己也會反問，我們用甚麼立場與權力，要勉強保留上一代，以及我們這一代的集體回憶給未來，並把這看成是必然的道德呢？難道下一代，或下下一代就沒有權利擁有屬於自己集體回憶的載體，並有必要承受上一代集體回憶的義務嗎？」

「我不知道。」我沒有答案。

「我也是。」朱利安也像無奈地說。

他拿起三文治大口嚥下，我忽然脫口而出地道：「也許是吧……單純以保留建築來嘗試保存集體回憶，似乎有點牽強。人、事、物，當人與事都離去，只留下物，那又有多少回憶能被勾起呢？」

「你說得對。」朱利安吞下了那口三文治，再喝了口咖啡，說：「所以一切以保留集體回憶為口號，但改變本身建築用途，更換了使用者的項目，我不敢說是偽善，但我認為是徒勞無功的。那只不過是利用舊有建築物才有的某種感性特質，為新的用途附加價值而已，不用看得太高尚。再舊一點的建築物，就是為未來留下一點歷史記錄，也是有意義的，但與回憶無關。」

我陷入了沉思，似乎這個題目，並不是三言兩語便能得到結論，但是我很享受這刻與朱利安坦承的對話，說說建築，談談任何大家想說的話題，也不用猜度對方哪些說話適當與否，更不需要大家都沒話題的時候，勉強東拉西扯來填補寂靜空間。

如果再一次問我，要不要決定到紐約去跟面前這位好友一同工作，我想，當下的我感性上是不容置疑的。

然而理性上，我始終與他在建築上的某些看法背道而馳。

例如那道沒有扶手的樓梯，那個沒有色彩的幼兒園，與他準備帶我去，那間為了製造視覺震撼而貼上虛假書籍牆紙的圖書館。

❖　·　❖　·　❖

朱利安把整份早餐吃完後，他的手機隨即收到短訊，原來李察已準備好車子並經已到達街口。我們走出咖啡店後，便看見穿著骨挺白色恤衫與灰色西裝褲的李察，站在一輛打開了車門的豐田 Alphard 前，抽著煙等待我們。

不知為何，遠遠看著李察的身影，有種跟平日的他不協調的若有所思。

「唷！不好意思，等了很久嗎？」朱利安跟李察打招呼的時候，李察才驚覺我們已經走到他面前，然後他的神情又好像變回平日精神奕奕的樣子。

「哪有，我也是剛到。早啊恩佐！早餐都吃過了吧？來，快上車！」一輪客套的問候之後李察把我們都推了上車，然後走到前排，坐在司機旁的位置。李察吩咐了司機我們要去的目的地後，汽車便開始在道路上奔馳，在市區中轉過數個街角，隨即走上了高速公路。

今天上海沒有霧霾，預計車程約在兩小時內。司機開得很平穩，不會左搖右擺，讓我能輕鬆地欣賞窗外近郊的風景。

「恩佐，明早你和同事去做缺陷檢測對吧？我明天有點事，不能陪你了。」李察所說的是貴賓廳完工後的缺陷檢測。

「不要緊，你忙你的，後天回去前我們可以再聚聚啊。」我說。

「就由我來看看我們恩佐的完成作品吧！」朱利安看著我，報以一個鼓勵式的微笑。

「之前我也到現場視察過，跟效果圖的還原度高達九成以上，老實跟你說啊恩佐，我們公司的老闆們都十分滿意，你也跟積奇和你的老闆說一聲吧。」李察亦給予褒獎。

客戶喜歡，我當然感到慶幸，但自問這個貴賓廳也不是甚麼創新的、震撼人心的設計，只是用了時下流行的設計語言、流行的顏色與素材，左拼右搭而已。沒錯是做到一個時尚貴賓廳的氣氛，甚至可以達到登上設計雜誌的水平，只是於我而言，這個設計沒有特別到可以成為如卡羅・斯卡帕（註：25）那種經典級的水準。假如十年後再回看這個貴賓廳，相信必會大感過時……但也算吧，反正十年後，已經超過一般商業內裝的設計週期，大概早已被拆掉重建了。

我們在車上對話不多，李察與朱利安不時滑著手機回覆電郵，司機亦專注於公路上的駕駛，好像只得我一個人閒著看風景。

李察的電話響起訊號。在他全神貫注讀過一個電郵之後，心情忽然變得煩躁起來。

「Shit……」他破口罵著，並撥起電話。

「喂呀阿梁，上次開會時不是告訴過你要如何修改嗎？你有否檢查清楚才把圖片發出去啊？」「我們已說得很清楚吧，會議也開了那麼多次，怎麼現在還改來改去？怎樣的圖則能賣得到我們比你更熟悉吧！」「請你回來是入則的，你和你的下屬快點改回我們之前那樣，明天傳送給凱文並 cc. 給我啊！」李察怒氣沖沖掛上電話，呼了長長的一口氣。

我相信，電話的另一頭，也是一位建築師。就跟我一樣。

車廂中再度回復一片寧靜，朱利安轉頭向我微笑，並在我耳邊低聲悄悄說：「有話語權跟沒有的分別。」

我到此刻也不能完全認同朱利安的想法，但現實中像這樣的情況，卻是確確實實地存在。

「對不起，希望不會嚇到你們。」李察看着前方說。

「怎會，不要給自己太大壓力。」朱利安試著緩和氣氛，我也嘗試跟李察說一些無聊、有趣的話題，希望能讓他平靜下來。

「我很珍惜這次和你們合作的機會。真的。」李察的視線依舊望向前方公路，沒有回頭，用他少有的感性跟我們說。

同樣身為建築師的我，這刻是多麼幸運。好像一切也在理想的航道上走著。他們開往海平線盡頭的船，用一條長長的繩，拖曳著我這艘徘徊在岸邊的小艇。我自以為小艇被湧浪推往大海之中，將會迷失方向，殊不知當我睜開眼睛時，卻發現我們的距離越來越近。在一個風和日麗的早上，海面反映著粼粼波光，他們在船上向小艇上的我揮手，把我的小艇拉近到他們船尾的位置；他們微笑著向我伸出手，把我拉到他們的船上。

有一種似是不勞而獲的內疚。好像甚麼也沒特別去做，但一切一切——友情、事業、夢想全都被生命安排到我面前，一種本應不屬於我、不真實的幸運，同時又感覺十分虛無飄渺。

司機駛出公路，我知道與圖書館的距離不遠了。

就在司機轉了數個路口，一個震撼的畫面衝擊著我的視覺——四、五層樓高的落地玻璃，如一個巨大的玻璃盒子；內裡是一層跟一層，十多二十米高的木紋書架，工整、對稱地聳立在玻璃盒子中。

人的比例，頓時變得十分渺小。

「你們進去看吧，我留在車內等你們，我還有些電郵需要回覆，大約半個小時可以嗎？」李察說。

「就這樣吧。來恩佐，跟我來看看。」朱利安急急推著我下車。

我跟在朱利安身後，朝圖書館的大門走去。不能否定，縱然我與朱利安的關係有多要好，但這個圖書館的設計取向，我依然不敢恭維。因為我知道書架的最頂層，人伸手所無法觸及之處，那些書本不過是牆紙上的圖案，而不是真實的；高聳的書架下會有一堆或許是網紅的人，架著墨鏡，拿着一杯冰咖啡在自拍，然後放到社交平台上。特意把人的比例放到這樣渺小，也顯露出這座建築物要成為城市地標的野心。這一切，在我看來都跟要找一本書，跟閱讀毫無關係。

每走近圖書館一步，我對它的抗拒感便越大。

「先進去看看，再下定論吧。」朱利安看透我的心思。

其實從室外已能窺視館內的情況。我拉開差不多三米高的玻璃大門，從寧靜但悶熱的室外環境，進入充滿人聲迴響且涼快的圖書館大堂。一如所料，在這個被日光轉化成漫射光所填滿的玻璃盒子內，有一個雪白色的接待處，與同是以白色做主調的知名連鎖咖啡小賣亭，蓋在大堂中央。左右對稱同時高聳的書架，其帶來的視覺震撼比在雜誌上看到的還要高出好幾倍。在書架前，有來遊覽的人，有搔首弄姿的，有拿著咖啡與手機自拍的，同時也有來自社區的老人坐在館內一旁談天，並看著小孩們在大堂內跑來跑去。

還有，我看到書架最上方的，不是真實的書本。

不知為何我起了一身的雞皮疙瘩。我承認自己確被眼前朱利安的空間設計所震懾，那是一種身體的自然反應，只是，作為一所公共圖書館，這種視覺震撼、這種震懾力，是否真的需要？腦海中不停反復思索著此問題。我希望找到答案。

朱利安帶我走到二樓的台階上眺望而下，看著大堂內各式各樣的活動。我不自覺皺起眉頭不語。他讓我消化一會後，說：「你看看這裡，每一個人，他們臉上掛著的是甚麼表情？」

確實，無論是遊客、自拍的遊人、社區的老幼，無一不面帶笑容，喜樂地、愉快地享受這個空間。

儘管看書的人，寥寥可數。

我沒有回答朱利安。他看著我，緩緩地道：「記著他們的表情。好，跟我來。」朱利安轉身，我跟隨在後。走過書架與書架之間的小拱門，進入書架背後的空間。

眼前出現的是一幅向北的落地玻璃幕牆，北方的日光成為一種自然的漫射光，漂染著室內，光影對比在這裡只變得柔和。書架的背面與玻璃幕牆之間，是一層又一層樸實的木紋小平台，每一個平台像一個只能容納四至五人的小廳，小廳內有面向玻璃幕牆、能看到風景的書桌位置，也有一些單人扶手椅。停留在這個空間的人數不少，但出奇地寧靜，感覺就是與大堂的熱鬧區隔開來，形成一種強烈對比。這裡頭的每一個人不是在書桌前埋頭溫習，就是在扶手椅上專注地看書。

整個空間十分柔和、憩靜，各人專注地跟書本和文字交流，人也回到應有的比例。這一邊正乎合我心目中理想圖書館的所有條件。

只是，這邊的空間，從來沒有被雜誌刊登報導過。

我轉頭看向朱利安，不由自主般流露一臉笑意。他也明白，這區域的空間雖樸實，不如大堂浮華亮麗，卻是我希望看到的。

「這一邊，滿足到來閱讀與溫習的人，就是一般會到圖書館的群眾，對吧？」朱利安伸出手來一指，輕聲説：「而另一邊，大堂裡遊人臉上的喜悦，説明這裡同時滿足了只想遊覽、打咭、從社區來享受冷氣、談天、聯誼、給孩子玩耍的目的。那些一般不會到圖書館的人。」

我與朱利安交換了一個眼神，我明白他的用意了。

他續道：「或許你不認同，圖書館作為與書本互動的存在同時，我倒覺得可以背負更多責任。現今世界，還有多少免費的室內公共空間可以讓人們自由自在地放鬆心情？在社會上就是有些人不愛閱讀嘛，當設計一個圖書館時，我們很理所當然可以把他們排除於考慮之外，但這樣好嗎？」朱利安稍微停頓了一下，「大堂內的這班人，與其只能待在商場內被商店包圍、被引導消費，倒不如有多一個選擇，一個免費的地方，能被書本所包圍。」

我啞口無言。此刻我清楚知道，他是有考慮到我認為一個圖書館設計者所要考慮的事。今天來到這裡，彷彿解開了我從前對朱利安設計理念上的糾結。似乎，他在追求他所說的話語權同時，並沒有忘記作為建築設計者，對空間使用者的初心。

「當然，我不是說我在設計的時候，是有多無私或高尚吧，要登上雜誌也是很重要的啊！哈哈！」朱利安語帶嬉笑地對我說。

「請你喝杯咖啡吧。」我拍了他的肩膀一下。

這一下，是我打從心底對他的鼓勵，同時亦是我的認同。

「我覺得那家咖啡不錯的，可是只得美式，沒有你想要的普通黑咖啡。」朱利安說。

「今天沒所謂，甚麼也好。」我笑著。

回到大堂的台階前，我停下了腳步，從上而下俯瞰，欣賞在大堂內那些滿有生氣，進行閱讀以外各式活動的人們。

第八章

海平線

配樂｜Midnight in Carmel / Wendy Marcini

我與朱利安平排而坐，看著外灘天空顏色的轉變。淺藍，米黃，橘紅，再變成暗暗的粉紅，深紫，然後待一切顏色都褪去、只剩下深深的黛藍色之前，浦東那邊大廈的燈光亮起，深藍色的天空隨即被人造光線染成不同的層次。

朱利安一身米色西裝，白色無領袖衫，掛在他身上依舊俊朗帥氣。他今天束起馬尾，左手手指間點燃著的香煙，映襯得無名指上的婚戒更閃耀亮眼。

朱利安用力呼出一口長長的煙，彷似要為外灘的景色加上一點朦朧美，再仰天長嘆一聲，然後微笑回看著我。

從今早九時開始，他陪伴我與同事，一起進行貴賓廳的缺陷檢測、出席會議，下午則由我相伴他在其設計的大樓與商場走一圈，待所有工作完成已是下午四時多。無論是貴賓廳，還是整個項目，從中庭到外牆，除了一些小瑕疵外，我們都十分滿意建造出來的成果，於是朱利安提議去喝一杯，二人好好慶祝一番。

我們坐在EDITION酒店的天台酒吧、室外露天位置的米色沙發上。今天酒客不多，看來只有我倆盡擁整個外灘的景色一般，既然是個好日子，我破例地點了威士忌——一杯十二年的蘇格蘭高地單一麥芽威士忌。

朱利安跟我都沒有說話，只靜靜觀看著天空顏色的轉變，似是在沉澱，又或是享受著達成一個目標後湧出的滿足感。我們偶爾互相對望，彼此間有著一種共鳴，就這樣一直待著，待著，直到朱利安忍不住竊笑，這下讓我也不禁笑了起來。

「臭小子，幹得好！」朱利安舉起他手中的威士忌，示意與我碰杯。當下感覺我們的威士忌玻璃杯所產生的碰撞聲，響亮得好像會傳遍整個外灘般，清脆悅耳，我們再忍不住雙雙大笑。

喝過那一口威士忌，感覺就像為這個合作項目劃上休止符。我忽然心想：下一次合作不知會是甚麼時候？或是，有沒有下一次合作的機會亦說不上。

「啊！對了，給你看點東西。」朱利安突然想起甚麼似的，在手機翻了一下，然後在一個短訊平台的對話記錄裡找到一張照片遞給我看。

一張似曾相識，感覺是一所充滿色彩的幼兒園室內照片。牆身的色彩，像是兒童繪畫的圖案，塗上協調而不會過份鮮艷的彩色，與淺木色的地板、傢具柔和地襯托著。是個充滿活力氣氛、會讓小孩子喜愛的地方，教人看過後心情舒暢。

我開始有些印象，這是之前在雜誌上看到，朱利安的設計，那個一室蒼白的幼兒園。

「今年他們換上的顏色很不錯呢！」朱利安說。

「甚麼意思？」我不明白他是否在說，室內的顏色會每年更換？

「甚麼甚麼意思？我不就是說他們今年的顏色不錯，還有甚麼意思？」我猜朱利安也太明白我疑惑的地方。

「我之前在雜誌上看到，裝潢是白白的，現在這樣的色彩是怎麼回事？」

「啊？你不是看不出來吧？之前白白的牆身，全是油畫帆布板來的。」

「啊！」

朱利安看到我恍然大悟的表情，托著頭說：「你以為我會把幼兒園設計得如雜誌上看到的那樣蒼白嗎？誰要給小孩關進精神病院？你這個笨蛋，我還以為你一眼便看懂，真是……我看錯你了呢……」他笑著，再作勢伸了個懶腰，然後向後躺在沙發上。

我似乎又再一次誤解了朱利安設計的原意。

「少來這一套！是否你一早設計時便建議學校，每年可以讓學生們自行在畫布上繪畫，隨後拼合掛在牆身上？對吧？」我問。

「對啊，就是這樣。」朱利安爽直地回答，再補充道：「小孩子當然不是用上真正的油彩啦，就只是一些給小孩使用，類似廣告彩的顏料。其實也並非全是我的主意，設計初期跟校長與老師們開會時，其中一位年輕的老師說到，如果可以每年交由學生參與選擇校舍環境的顏色，應該很有趣呢。就這樣，我們便順著這個方向進行設計。還有，我們定好每年皆會給學校一些顏色配搭上的建議，要不然嘛，整間校舍就將全是紅黃藍三原色了！哈哈！」

「那為甚麼雜誌上都是白白的呢？」我其實早已猜到原因，就是為要營造出近乎純白的超現實景象，這大概比較容易吸引雜誌的版位。明知故問嘛，不過是想揶揄他一下而已。

「還用說嗎？拍照前兩天，我還問學校有沒有學生家長願意帶小孩過來，但要全身穿米色白色的衣服，拿著淺木色玩具在鏡頭前跑來跑去，殊不知有好些家長爭著要讓小孩來當模特兒，差點就讓幼兒園變到街市般擁擠！」朱利安笑著。

「很矯情呢，你這混蛋！」

「對，我也自覺很矯情！」

也許是酒精使然，我們二人都捧著肚子，完全不顧儀態地哈哈大笑。

這確是很「朱利安」的處事風格。我未有完全認同他的手段，再者，即使空間是讓學生塗上顏色後的狀態，依然會有不少雜誌願意刊登的，我深信。因為這就是朱利安的實力。

但無論怎樣也好，我很高興看到這個帶著色彩的幼兒園；我對他的另一個心結，終於得以解開了。

我們再一次拿起威士忌，開懷地碰杯。對岸浦東的夜色閃閃發亮，彷彿是給我倆前景一個盼望的信號。

「之後有甚麼安排？」朱利安放下酒杯，突然拋給我一個沒頭沒尾的問題。

「甚麼安排？明早虹橋早機。」

「不是問你甚麼時候回去，我是問這個項目之後，你有甚麼打算？」

「有甚麼打算？回家睡覺，後朝上班，能有甚麼打算。」

「不想再次合作嗎？」

「啊？又有甚麼好項目能介紹給我公司了？」

「不是說你公司。我們紐約有新項目。」

「你是說？……」

「如今還在洽談中，是一個頗為大型的商業項目，接到的話，可能一做便要好幾年。」

「所以呢？」

「所以呢？公司開始擴張，我需要一個能信任的伙伴。」朱利安呷了一口威士忌後續道：「到現在還要考慮嗎？臭小子，難道要我開口求你不成？還有，你不要再用智惠當藉口了，上次聚餐時我和克萊爾私下問過她，她說去哪裡根本也沒所謂。」

你們這幫人在我背後討論了甚麼？

「來紐約吧。」朱利安認真地說。

「我有許多事情的看法未必能跟你一樣……沒有問題嗎？」

「彼此彼此，難道你覺得我也完全認同你的所有想法嗎？」

我想，經過這一年多的合作，還有這數天的旅程，我已經沒有藉口去迴避朱利安的邀請。

從前我怕跟他合作，工作上會被他完全主導，且向來也不大認同朱利安在追逐所謂話語權的手段。只是現在我了解到，他並沒有忘記每一個項目是在為誰設計的這個基本信念。儘管當中他確實為名聲耍了些小聰明。然而我欣賞他依舊對建築、對設計的專注與熱情，或許他對建築設計的心態更像一個匠人，只不過這位匠人同時懂得自我行銷而已。

我已再沒理由去抗拒朱利安的邀請。

彼此看著對方的眼神，他已讀懂了我的答案。男人之間很多事不用直接說出口。

「入秋之前，讓我先買件加拿大鵝（註：26），你也最好送我尼克隊的季票。」我笑著向他再次舉杯。

「臭小子。」朱利安把杯中的威士忌一口吞下，暢快地笑。我好像沒怎麼看過他笑得如此開懷。

我以為，我只是短期在他開往海平線的船上稍作休息，之後便會回到小艇上，駛回我狹小的避風港。誰想到他一直視我為航行的伙伴，航道也早已決定好，雖然間中偶爾偏離，或走了兇險的捷徑，但大方向的目標依然明確。朝海平線盡頭、誓要看看背面有怎麼樣的船，將要全速前進。

朱利安翹起腿而坐，一隻手臂擱在沙發的靠背上，另一隻手拿起手機，似是在撥號碼。

我趁朱利安用電話時，也隨便拿起手機來滑滑，百無聊賴地看看新聞，瀏覽一些垃圾資訊以打發時間之際，發現積奇稍早前給我發來短訊，我因為把電話調校為靜音模式故此未有及時察覺。

「怎麼了？你與朱利安在一起吧？他知道了嗎？」積奇發給我的短訊下，附有數個連結。

我打開其中一個連結，一則網上新聞稿寫著：

「設計失德樓梯缺欄　七歲男童險終身殘」

甚麼？

我急忙閱讀當中內容，是關於幾年前朱利安設計的獨立屋，屋主兒子從沒有扶手的樓梯上墮下那件事。我連忙看看另外那兩三個連結，基本上是不同的傳媒在報導同一件事。

所有報導差不多一式一樣，內容大致為「設計師刻意不加扶手為要營造簡潔效果，罔顧屋內孩子的安全」、「建築造價遠超預期」、「沒有乎合建築條例」、「屋主保留追究權利」，更重要的是，報導提及了朱利安的中文全名——「著名香港建築師司馬辰」。

「嗯，很多啊……對，我明晚回來。」朱利安微笑著跟電話另一旁的人對話：「是的是的，哈哈，喂你聽我說，你好友終於肯來紐約了，對對，終於……」朱利安邊握著電話，邊回頭對我微笑。

電話的另一頭，是克萊爾。

我無法掛上任何一種笑容來回應他。我的眉頭不受控地深鎖。這些報導到底會對朱利安帶來怎樣的打擊？事件也過去了多年，何以忽然會被提起？為甚麼會同一時間被多間傳媒報導出來，甚至連內容也幾乎一模一樣？記得之前朱利安曾說過，屋主是李察認識的人，並已跟對方協調好不再追究，不是嗎？

許多問題與擔憂一下子湧上心頭，此刻我呆呆地凝視著朱利安，一下子說不出話來。

朱利安看到我凝重的神情，也開始意會到有甚麼不妥。

「喂，要先掛線，等一下再給你電話。」朱利安放下手機，跟我說：「怎麼了？」

在我猶豫著不知該不該、或該怎樣告訴他的時候，我手上還亮著的手機屏幕吸引了朱利安的視線。

「甚麼來的？」朱利安詢問我關於手機上的內容。我努力壓制雙手的顫抖，把電話遞到朱利安面前。

他終於收起臉上的笑容。

「還有兩三個差不多的報導……」我點開其餘幾則報導的連結。朱利安看過後，平靜地把手機還給我。那種平靜，出乎我意料之外。浦東的夜空好像突然蓋上厚厚的雲層一樣。

「怎辦？」

「甚麼怎辦？你認為會有甚麼事發生？」朱利安不屑地反問。

「不會有法律責任嗎？」

「絕對不會。」他斬釘截鐵地說。

「那……對於聲譽也會有影響吧？」

「這說不定。短期內。」朱利安雙手插在褲袋，氣定神閒繼續說：「這種情況嘛，當你得到某程度上的名聲，便會得到某程度的關注，有好有壞。再者，如果屋主真的要向我提告的話，他早就做了。我之前跟你說過，那條樓梯是有扶手的，我只是在攝影師拍照的時候找總包先拆除，待拍完後再把扶手裝回去。只可以說我失策的地方，是沒有留在現場看著總包安裝。我不知道李察之前與屋主間是怎樣協調，但當時他兒子康復出院後，我與李察也有去探望他們，屋主還請我一同晚餐。所以我也不知道為何突然會在同一時間出現這些報導，但至少我可以肯定，我沒有在設計上做過一件違背道德的事。」

朱利安拿起酒杯，才發現杯中的威士忌早已喝光。他緩緩放下玻璃杯子，然後認真地說：「這麼多年，在設計上，我沒有做過一件違背良心的事。你相信嗎？」

可能是一點酒意，又或許是被一連串的負面新聞所觸動的情緒，朱利安感性地問了這個問題。跟他相識那麼多年，我首次看到他感性的一面。

「只要你說沒有，我便相信你。」我也不確定自己內心是否真的相信，但我給出了這個答案。

「謝謝。」朱利安說。

良久，我們在深藍色的夜空下，看著對岸的燈光；間中有些一閃一閃，像燈塔般的閃光，這刻像要給我們這艘迷航的船引路，同時又似要告訴我們，到海平線背後的距離，比我們想像還要遠很多，很多。

「真的……沒問題嗎？」

朱利安看我一眼，視線回到對岸遠處的夜景，若有所思。

沉默片刻，他帶著不願屈服的眼神說：「其實我也不知道，但我內心絕對不會被這件事打垮。反正完成這個項目之後，也打算多放些時間專注於美國的工作。」

「李察那邊呢？」

「唔……怎麼説呢？」朱利安點起一根煙：「這個項目結束後，可能暫時不會再跟李察合作了。」

「發生甚麼了嗎？」我問。

「具體沒有發生甚麼爭拗，只是，在設計的過程中……」他停頓了一下：「其實在我看來，彭世伯一直是過度的介入。怎樣説呢……討論是沒有問題的，他是客方代表，他的意見原則上就是客方的意見，聆聽而綜合那些意見本是我工作的一部分，我是這樣認為。只是……只是有些時候，他硬要把一些近乎符號的元素加進我的設計裡，總是沒頭沒尾的，也沒有告訴我原因，究竟那些像符號般的元素象徵甚麼？代表甚麼？為甚麼需要？通通沒回答，就只叫我看看可以怎樣加到設計裡去。那些東西嘛，根本跟整個設計語言衝突得十分厲害，完全格格不入。」朱利安邊呼著煙邊嘆氣。

「今早我跟你走了一圈，看不出甚麼奇怪的設計元素啊，整體感覺看來頗一致的。」我説。

「那當然，我下了些功夫。這個項目的過程很趕，這點你也知道，而像彭世伯在公司內的位置，根本不可能每時每刻監察著我的進度。所以我趁著一次彭世伯出差，且臨到要交給設計院趕著報審之時，偷偷把他要求的元素全拿下來，然後繞過彭世伯，直接給他的大老闆與其他董事拍板，再匆忙交給設計院進行流程。」他平靜地説。

「彭世伯到甚麼時候才發現？」我問。

「一直到半年前見到工程雛形。但為時已晚，因為是他的老闆們最終審批設計，米已成炊，都快完工了。」

「世伯知道之後有甚麼反應？」

「反倒是我意料之外。他發現的時候，我正跟他一同在工地巡查，他只向我笑了一笑，拍了我的肩膀一下，便轉身繼續巡查，沒有特別說些甚麼。」朱利安說。

「我在做貴賓廳的設計時，彭世伯完全沒有干預。」

「我在處理他們頭一兩個項目的時候也是很自由的，之後在新的項目上，他對設計上的干預卻越來越大。」

是這樣嘛？我之前從沒有想過，還以為朱利安跟李察他們合作得十分愉快。我想，以我所認識的朱利安，先不談自由度，純粹就設計上的合理性，這對他而言是非常重要的。硬要他接受沒有原因、或不告知他原因的要求，這都會教他十分為難與氣憤。

怎樣也好，我既然已立定心志要跟他到紐約闖一闖，此刻我都會相信他的決定。

不知是否巧合，手機的短訊提示響起，彭世伯問我現在是否有空，說有些事想找我談談，地點是他們集團大廈頂樓的私人會所。

我把短訊的內容告訴了朱利安。

「那快去啊，看看他跟你說甚麼。就算你跟我到紐約，或許有新的項目可介紹給積奇呢？我也有事要回工地了。」

在我準備離開 EDITION 之前，朱利安點來了兩杯新的威士忌，這晚我們最後一次碰杯，一飲而盡。

這是一個愉快的晚上，我已經記不起對上一次跟朱利安如此坦率談天是甚麼時候。我跟朱利安從大一認識，這十多二十年的歲月，縱然二人之間偶爾像有一層看不見的隔膜般，但那層隔膜，最終在今晚被我們的威士忌碰杯聲響所刺破了。

「想到今秋尼克開季我便充滿期待。」朱利安說。

「我也是。」

我動身向大門方向走去，回頭看見朱利安親切地跟我微笑揮手道別，眼前這個畫面連同時間，不知何故竟忽然凝住了，一切都變成慢動作，很慢，很慢，彷彿是要讓腦袋有足夠的時間，把畫面中每個細節都記錄下來，牢牢放進我的深層記憶之中。

❖ · ❖ · ❖

配樂｜Evolving Doors / Chilly Gonzales

在集團大廈的大堂，我嘗試找出約定的私人會所位置。在報上過姓名後，大廈前檯的人員告訴我要從扶手電梯走上一層，再轉升降機才能到達。我走進只有我一個人的升降機箱中，按下最頂的樓層，待升降機緩緩帶我到約定的地方。

我不知道彭世伯與李察準備跟我說甚麼。是否有新的項目？還是純粹聯誼一下？為甚麼沒有邀請朱利安一同前來？與他的報導有關嗎？我真的不知道。

到達私人會所的樓層，升降機門打開，會所大堂空間竟異常昏暗，踏出升降機後，就好像走進了漆黑的隧道一般，而室內僅有的光，就只是來自左方走廊的盡頭。同時我隱約看到，走廊盡頭存在著一個應該是接待員的黑影。

我走過去，告訴一身骨挺西裝的接待員我來找彭總之後，他便帶我走過另一道昏暗但難掩華麗的會所大堂走廊。會所樓底甚高，兩旁設有寬躺的沙發卡位，後方玻璃幕牆盡抱上海夜景，顯得會所加倍奢華。只是，在我進入這個會所之後，好像連半個來賓的身影也看不到。

接待員領我一直走到走廊的盡頭——一道朱紅色的長絨布簾。在這個完美對稱的空間設計中，那道朱紅色的、質感高級的絨布簾成為焦點。

接待員從中間把一邊長簾撥開，探頭進去，告知內裡的人有訪客到來；似是得到批准過後，他才把兩邊的布簾也盡量撥開，好讓我低頭進去後，隨後再把簾子還原，並消失在我的視線範圍外。

面前的一切，看來尋常，卻又感覺詭異。讓我不禁打了一個寒噤。

彭世伯一身深軍藍色、幼直條紋孖襟西裝馬甲，襯上粉藍色的袋巾與同是粉藍色的絲質領帶，梳理整齊的三七分界、帶光澤的髮型，雙手在鋪上白布的小圓枱上，托著鼻尖微笑地凝視著我，像一直等待我的到來。

而在他左右兩側，是兩名樣子完全一樣、相貌娟好的女郎，我想是雙胞胎。身穿一樣的絲質粉藍色抹胸裙，配戴上一樣的飾物，臉上掛著一樣的笑容，緊貼在彭世伯身旁。

與其說是一個貴賓室，倒不如說這個地方是一張被一片高高的、朱紅色絨布長簾包圍著的環形沙發，中間放置一張圓形餐桌；桌上，有一瓶已開的紅酒、紅酒杯，以及一份正在享用，且近乎全生、仍滲著鮮血的牛排，放在彭世伯面前。而桌上的左方，尚有另一份僅被吃了一半的半熟牛排，還有一隻使用過的紅酒杯。

「恩佐，等你很久了，來來來，快坐下。」彭世伯熱情地邀請我坐在他正對面。

「你好。」我同時向著彭世伯與他身旁的兩位女士打招呼：「請問，兩位是？」

「啊，不用介意，她們沒有名字的，哈哈哈……」

這個意料之外的回答，像啟動了兩位女郎的開關按鈕，她們同時掩嘴而笑，發出一陣「嘰嘰嘰」般的奇怪笑聲。

除了打扮相同，這一左一右兩位女郎的動作與表情，皆是沒有絲毫偏差的一致，就像是兩台同步了的機器，又似是鏡子的反射，完全有違常理與不自然。

「今晚開了支不錯的酒，羅曼尼康帝的，你也來試試吧。」彭世伯說過後，兩位女郎同步地從一左一右，沿著枱邊走到我身旁。左方女郎雙手拿著酒瓶，右方女郎握著酒杯，用近乎完美的手法將紅酒注滿半個酒杯，輕輕放在我面前，且坐下在我身旁，慢慢向我挨近，直到她們的胸部貼著我的手臂為止。

她們的體溫，是冰涼的。

這個突如其來的舉動，教我滿臉通紅，彷彿皮膚每一個毛孔也在擴張。說實在的，我一生從未有過這般的情況，整個人頓時進入一種繃緊的狀態，身體一動也不動，感覺得就連意識也快要短路似的。

「放鬆點吧，你想她們陪你做甚麼，她們也很樂意啊。」彭世伯笑著，然後拿起酒杯晃動，似要把酒的香氣完全喚醒過來。

左右兩位的女郎同步地抱著我的左右雙臂，我不敢望向她們任何一方，但她們的臉靠得很近，近得連我的耳朵，也能感受到她們呼吸的空氣流動與聲音。對一位正常的男士來說，這明明是個極大的誘惑，可是當下這刻，我只感到自己被一種不能說明的恐懼完全籠罩著。

「世伯不好意思，我想，我不需要兩位女士陪伴……也可以的……」

「恩佐不喜歡嗎？」彭世伯好像詫異於我的反應：「那沒辦法啦，你們先出去吧。」彭世伯的一個指令，她們一起在我耳畔發出輕聲細笑後，便同步從我身邊移開，然後以倒後的姿態行走，打開絨布長簾離去。

待絨布簾如波浪般的搖曳停止，下垂到原來位置，我的身體與意識才彷彿鬆弛一點。

「本來還以為能給你一點驚喜，那不要緊吧，來，感謝你幫忙，設計出來的效果很好呢！」彭世伯向我舉杯，我才回個神來，慌忙地拿起紅酒跟他碰杯。我喝了一口。

「怎樣？不錯吧？」他問。

由於我一向不愛喝酒，也沒任何酒類知識，故此口中的酒到底好與不好？它的特徵是甚麼？我根本答不上來，只能給予一個禮貌的回應：「嗯，不錯呢。還有，感謝貴公司給我們這次合作的機會。」

「哈哈哈哈，不用客氣啦恩佐，你和積奇做得很好，合作機會嘛，以後多的是呢！不介意的話，我先繼續完成這份牛排。對了！忘了問，吃過晚飯沒有？要不要點些甚麼?」彭世伯豪邁地說。

「我剛吃過了，不用客氣。」其實我肚子空空的，還在一晚之內喝下兩款不同的酒。但這刻，我就只想盡快完成跟彭世伯的應酬，急急離開這個詭異的地方。

彭世伯以手上明亮如鏡面的銀餐具，優雅地劃在還流出鮮血的牛排上，他切了一小片，慢慢放入口中咀嚼。一滴從牛排滲出的血在其嘴角流出，他拿著白色餐巾的一角，輕輕把嘴角的鮮紅抹去。

「甚麼時候回去?」彭世伯問。

「明早早機便回去了。」

「這麼趕嗎?本來明早還想找你談談另一個新項目，那待我下星期回港，再找個時間跟你詳談吧。」

「會是怎樣的項目呢?也是在上海?」

「不是，在越南，胡志明市，會是比貴賓廳有趣得多的項目。這對你來說有很大的發揮空間，做得好的話，我相信要上雜誌或報導也絕對沒問題的。」

我一時反應不來，一臉茫然，腦裡在組織著該如何回答他。

彭世伯見我沒有即時回應，把刀叉放下:「怎樣?沒興趣嗎?」

「沒這回事，我們求之不得呢……我回去先跟積奇說一聲。」

「啊，是這樣嗎？你們公司事無大小都要問過積奇嗎？不要介意我這樣問，純粹好奇。」

「也不是的，始終他是我上司。」

「即使是由你把項目帶到公司，也要詢問他嗎？」

我不懂回答。儘管我認為他這個問題有點不太合適，但我仍只能以尷尬的微笑帶過。

他輕輕嘆了口氣：「恩佐啊，你真是個安份的人呢……」

「是嗎？我都沒為意。」

彭世伯再次拿起紅酒喝了一口，然後從容地放下酒杯，雙手托著下巴，身體靠前定睛凝視著我：「恩佐，我跟你說，男人，某些時候慾望是十分重要的。」

「嗯？」

「你不想像朱利安那樣嗎？」

「我？我又怎能跟朱利安相比呢……」

「你也可以的恩佐，只是你慾望不夠。只要你願意，你也能像朱利安一樣，不過嘛……」他頓了一頓，給我一個微笑後繼續說：「有時候你不需要跟他一樣，對你來說會比較好。」

本想問彭世伯這是甚麼意思？但我最終選擇閉上嘴巴。

「我年輕的時候在越南認識一位馴獸師，常常在河內那邊表演的。他們的表演都是那些找隻黑熊踏單車、猴子做趣劇之類，老實說，不是甚麼特別的表演。但你知道嘛，從前的社會哪像現在五光十色，所以當時他們仍能混到口飯吃呢。」

他再呷一口紅酒：「那位馴獸師有些獵人朋友，如果在叢林中捕捉到一些適合馬戲團的猛獸，便會通知他。有一次，獵人捕獲了一隻小小的華南豹，馴獸師一看便把小豹買下。他很喜歡那隻小豹，花很多時間想要訓練牠做不同的動作，可是野生動物嘛，本性就是難馴。那位馴獸師不服氣，更加覺得要把牠馴服。所以馴獸師一邊循循善誘教導牠每個動作，一邊給牠吃最好的肉作獎勵，最後他好像真的成功馴服到那隻小豹，而小豹也日漸長大，開始跟著他到處表演，形影不離。」

彭世伯把整片血紅的牛排吃下，將抹去嘴角鮮血的餐巾隨手放在桌上一旁。

「可是有一次表演，是很多觀眾的一次，不知是因為對那隻豹的指令開始繁複，又還是豹子長大，本性都出來了，開始不聽指令，在表演時臥在一角。馴獸師用皮鞭抽在牠面前的地上，這一下，似是喚起了牠的獸性。那馴獸師跟我說，那隻豹開始發出『咕咕』的低鳴，從下而上以不忿的眼神瞪著他，就像在說：我不想再被馴服了。」明明是一個引人入勝的故事，但不知為何，我卻聽得心裡發毛。

「後來在很多的觀眾面前，那隻豹再次拒絕聽從指令，馴獸師一鞭又一鞭打在豹的身上，豹閃避數回，突然撲上馴獸師的身旁向他手臂抓了一下。但要知道，馴獸師也不是吃素的，手不過受了點皮外傷而已，三兩下子便用皮鞭把豹趕回進籠子裡去。」

我開始有點不確定，這是彭世伯的親身經歷，還是他編出來的一個故事。

「最後那隻豹怎樣了？」我好奇一問。

「給宰了。」彭世伯說。

「給宰了？」

「對啊，被馴獸師宰了。就是那次，讓我人生第一次嚐到豹肉是甚麼味道，哈。」彭世伯說。

有一種似曾相識的感覺。彷彿自己成為一隻被捕食者盯上的獵物般，身體動彈不得。為甚麼會似曾相識呢？

對了，就像那一年，我無意之間走進李察家的地庫，被彭世伯發現時的那種感覺。

一陣寒意從脊椎湧上腦袋。

「恩佐，你知道嘛，豹沒有錯，牠天生就不願被馴服，牠自有牠的慾望。但從另一個角度，作為一個馴獸師，有某種慾望也是必要的。」彭世伯把酒杯提起，讓燈光穿透杯中的紅酒，細意欣賞那晶瑩亮麗的鮮紅：「就是馴服對方的慾望。」

我的意識似是有點短路。是因為酒精，或是因為他的話，我未能弄得清楚，但我想，我聽得懂他的意思。

「我跟你說，假如馴獸師的慾望不夠，受傷的便是他自己，他也做不成馴獸師了。你說是嗎？恩佐。」

這一夜與彭世伯的對話，讓我深感不安。他的話中隱隱充滿了試探、離間，與給我的勸喻，全都令我心生忌諱。他跟朱利安之間是否真的產生了嫌隙，致使有新的項目也不打算找朱利安參與？實在不得而知。但這是否同樣意味著，假若真的承接了彭世伯的大型項目，對他設計上的干預，我也必須欣然接受、乖乖服從，儘管跟我原來的設計格格不入，甚至有違我的建築理念？

只有一點我是確定的——具設計能力與否，對他來說毫不重要；他需要的，是在他掌握之內。

❖　·　❖　·　❖

回到工地旁的酒店房間已是晚上十時多，我沒有亮起任何燈，僅帶著身心都極度疲累的軀殼，把窗簾打開，讓上海夜空蔚藍的光線微微染滿整個房間。我還沒力氣換下衣服便倒頭臥在床上。

我嘗試放下今晚所經歷的一切不安。沒錯，在不遠的未來，我將會跟朱利安到世界的另一端，開始新的工作。以後從彭世伯與李察那邊而來的機會，就交給積奇自行決定好了。

躺在床上，呆呆地看著窗外的夜色，朱利安設計的大樓就聳立在不遠處。我開始憬憬著未來，幻想與朱利安即將的合作——時而爭論，時而妥協，二人最終還是深入地討論著最合適的設計。也許有天他會放下所謂對話語權的追求，單純地、愉快地發揮他的才能，從使用者的角度創造出最美好的建築作品。

就這樣，我的身體漸漸放鬆；

……不期然心存感恩，感恩人生中能遇上朱利安這位朋友與伙伴。

眼皮亦慢慢合上；

……開往海平線後的船，在靜夜中安心地待著，已準備就緒，等待日出再次起航。

準備沉沉進入夢鄉……

在我帶著盼望的心情與疲累的身軀慢慢入夢之際，突然，一聲巨響從窗外傳來，劃破寂靜的徐匯區夜空。

第九章

廊與影

配樂｜Humdrum Days / Franz Gordon

「這裡不錯吧。日光自然地從上而下滲染到室內，劃了幾道不刺眼的光線在水泥牆上；面前的玻璃幕牆後，一整排的、柔韌挺立的竹樹也讓人心情平靜。像我們這批從大學年代便被安藤忠雄作品耳濡目染的一代，想必很享受這樣的空間。你或許會想，『唧，這種安藤式的建築語言和光線處理，由我來設計的話必定能處理得更好。』也說不定。你就是這樣。

高傲的你，有些時候明明也很欣賞別人，但就總是嘴硬，要從你口中得到肯定從來都不是一件容易的事。所以，你所給予我的肯定，到底是花了多少時間、放下多少自我才說出口的呢？感激你為我而作出的改變。可是，你聽我說，那年你的木亭設計，在我心目中才是第一的。我是多麼想看到像雲一般的木亭設計，被蓋出來會是怎個樣子。

到紐約生活的日子，本來很期待呢，連智惠也不抗拒了。想到去麥迪遜廣場花園看球賽，或在一個陽光普照的週末下午看看洋基隊也好，便足夠教我興奮不已。

你這混蛋，樣子就是非要這麼帥氣不行嗎？又不是模特兒，只是個建築師吧，束起馬尾來幹嗎？我管不了你了，任性的傢伙，你喜歡怎樣便怎樣吧，反正我也要走我自己的路了。今天所有你喜歡的人都聚集在這裡，感覺不錯了吧？但不要得意忘形，恨你的人，這裡也有不少呢。怎樣？不敢回答對吧？答不到吧？……」

我坐在一旁，心裡向著台上、睡在木箱內裡的朱利安說。

他的照片放在木箱旁，被淡雅的花束包圍。照片上的笑容，似向在座眾人送上一個內心的漣漪。而這漣漪的波動，只會加深我們對他不能止息的思念。

牧師開始了追思程序，先是帶領眾人唱過詩歌，然後，毫無表情的克萊爾上到台前，跟著稿紙讀出朱利安的生平，再慢慢回到第一行座位上。牧師再次站起，簡短地宣講了一篇道，帶領大家唱詩、禱告。

接著克萊爾走到台前等待指示，時候到了，她按下按鈕；載著朱利安的木箱，在台上的一個機關活門向下打開後便慢慢下沉，直到消失於眾人視線中，活門從下而上關閉起來。木箱在台上消失得無影無蹤，只餘下一片空蕩蕩的、白色的平台，彷彿從未出現過般。

一片寂靜的禮堂裡，漸漸泛起飲泣聲的迴響。

克萊爾依舊木無表情，未有流露出任何情緒，與朱利安的家人坐在第一排座椅。會場內各人都難掩憂傷與倦容，據我所知，有些親友還是前一兩晚才從紐約來到香港，趕在今天出席葬禮。

我看見坐在前兩行的李察低頭掩面，哭得厲害。過了一會，他把頭重新抬起，垂下雙手，身體往後臥，換上一張平靜同時沒有表情的臉。

這樣的事有誰相信呢？我不是上星期才跟你有說有笑，一起看著工程圓滿竣工，之後還在天台酒吧對著外灘的夜景談未來，說要一起到紐約工作，不是嗎？

儘管讀過媒體關於小孩從樓梯墮下的報導，然而我深深記得你不願屈服的眼神，更說到絕對不會被這件事打垮，何以同一晚，你卻要在剛完成的商業大廈頂樓一躍而下，像流星般隕落？

你怎能這樣，一邊承諾帶領我去探索海平線的另一面，轉頭便把我留下？

你怎能這樣？

儀式完結後，各人步出禮堂，彼此都沒有交談，靜靜走到室外庭園，作離開前最後的道別。室外庭園的陽光普照，跟現在的氣氛、來賓的情緒顯得特別違和。

我帶著沉重的腳步，沿著有蓋的室外長廊獨個兒慢慢離去。

迎面碰到是克萊爾與朱利安的家人。

克萊爾連視線的焦點也沒有，像一具行走中、但意識遺留了在某處的軀殼。我們擦身而過，她沒有看到我，又或許她根本看不到眼前的任何東西。

這就是你所要看到的嗎？朱利安。

我看著克萊爾的背影，在充滿日光的走廊上慢慢離開。

蟬鳴、中庭水池的流水聲、微風流動的聲音。只有我不知為何動彈不得，僅能站著呆看克萊爾的身影慢慢縮小，然後所有的環境聲音慢慢像被隔絕開來，一直到靜止的狀態。

「很遺憾呢，恩佐。」

突然一把低沉的聲線劃破寂靜，教我皮膚上每個毛孔都在擴張。

「不要太難過，我們都一樣十分傷心。大家都不明白，只是一則小醜聞而已，過一段時間就沒人會記得，何必要這樣看不開呢？」彭世伯在我身後輕聲說，然後拍了我的肩膀兩下。

我沒有回頭，連任何一個反應也沒有，就這樣站著不動。

「好好保重，我想朱利安現在應該在天國的某處看著我們。待你心情平復之後，我再找你談新計劃的事吧。李察，我先去取車，在大門等。」我無法從彭世伯這番安慰般的說話中辨別出任何情緒，也沒有回話，然後他先行向著出口的方向離開。

此時我才察覺，原來李察也一直站在我的身旁。

我低下頭，「為甚麼會這樣？」不知為何脫口說出了這一句。其實我並沒有特別要向誰發問，不過是自言自語，卻下意識轉臉望向李察。

李察沒有與我的眼神接上，只直直望著彭世伯的背影，說：「恩佐啊……我真的很難過……」我能看見李察下顎的抖動，他強忍著情緒的失控，續道：「以後，我最好的朋友就剩下你了。」

說罷便跟著彭世伯的背影往出口方向走去。

有一種莫名的寂寞，在日光之下圍繞著我。彷彿朱利安、克萊爾、李察，一個一個，突然從我生命中離開，一瞬間身邊的人、事、物全都變得異常陌生。

我像臥在劫後餘生的救生小艇，在一片平靜的汪洋上漂流，縱然沒有任何風浪，縱然陽光普照，也拯救不了我那種被動的、寂寞的、迷惘的感覺。

我只能繼續在正午下、有蓋走廊的陰影中站著，一動不動。

❖　·　❖　·　❖

那日之後的週末，我不是失眠地臥在床上，就是漫無目的在客廳的沙發上，不斷用遙控循環地轉換電視頻道。到了週日晚，我仍只是在黑漆漆的房間內呆望窗外，無意識地看著遠方大廈的燈光、雲的影、月亮的反射。在我沒有為意時，淚水經過面頰流到下巴，才發現對朱利安離去的傷感，就像遲來的雨季，無論昨天如何天朗氣清，驟雨依然會在某個時間點突如其來。

第二天，累極的我從沙發上醒來，喪失了上班的動力，只能靠智惠替我請假。就這樣接連數天我都把自己關在家裡，連到街上走走、買一個外賣便當的意志力也失去。

智惠從房間走出來，站在我身旁靜靜地看著我，說：「我剛跟積奇通過電話，替你請了一個月無薪假，還有跟你家人說了，替你買了明晚回多倫多的機票，先回去放鬆一下心情吧。我已替你收拾了些簡單行李，然後你自己再看看有沒有其他的東西需要放到行李箱內。」智惠説罷，正要轉身離開之際又回過頭來跟我說：「機票很貴的，你一定要起行，其實你去不去我倒沒所謂啦，反正機票是用你的信用卡上網買的。」她向我擺出了一個笑臉後，就這樣又回到房間裡去。

我感激智惠，一副漠不關心的她，卻總是轉動腦筋，想要讓我在沉溺的狀態中回復清醒。或許暫時離開，是唯一能夠拯救自己的方法。

第十章

托爾斯泰小旅館

配樂｜Goodbye / Doe Jaemyoung

其他的旅客都已經拿取了行李，好些興高彩烈地向著出口方向離開。整個航程也未曾進睡過的我，在標示著 CX826 的行李傳送帶前一直等候，終於看見我銀色的行李箱。我上前拿下，行李箱很小，其實我也不明白為何自己要把行李寄艙。看看手錶原來已是晚上十時多，多倫多與香港的時差剛剛十二個小時，連手錶也不用調校。我趕緊拉著行李向出口急步走，深怕要讓在機場外接我的偉久候。

上週我已透過短訊，告知偉關於朱利安離去的消息，到了前晚智惠替我買了機票後，我再通知他，我將會回多倫多一趟。偉向我建議，好不好跟他去一個離多倫多不遠的小旅館暫住，是在一個森林內，十分幽靜的小旅館。聽說他跟旅館的主人十分熟稔，而且知道還有空房間。只是他說這並非一般的旅館，所有大小事都需要靠自己動手來做，裡頭沒有任何員工協助的。除了這些之外，便沒有其他更具體關於旅館的細節了。

我沒多想便接受了偉的建議，能有一個地方容我遠離人群，靜靜地待在森林之內，在自然中獨處，還有比這更好的嗎？於是我先至電於多倫多的家人，交待一下，說我會到偉的地方住一段時間，然後才往探望他們。

步出了一號客運大樓，久違的、清涼且乾爽的北美晚風撲面而來，好像把倦意也稍稍吹走。我往上落客區的方向張望，遠遠已看到一輛藍色富士 Forester，與一個久違且親切的微笑。臉上略帶滄桑的偉，向著我揮手。

我才步近，他已立即趨前替我把行李放進車尾箱內，說：「累了吧？吃過沒有？」

「還好，在飛機上吃過了，不餓。」

「嗯，先上車吧。」

溫柔的偉話雖不多，但他總先替別人著想，單是看著他那自在、毫無偽裝的淺笑，也讓人感到放鬆。由於偉說車程距離旅館需要兩個多小時，故此今晚先到他的家休息，明天吃過早餐後才再次起行。

夜深時份，407公路上車輛稀疏，我們在寧靜的車箱內，偶爾有的沒的地閒談近況，如他告訴我跟其妻子夏洛特生活得很好，兒子也快四歲了。他們依舊住在離多倫多約兩個小時車程的北方小鎮，依然與夏洛特一起經營工作室，有一名剛畢業的員工，小小的工作室就在他們房子旁邊。我問他現在主要設計哪類型的項目？他說就是做些其他人看來毫不起眼的——鄰居的新車庫、更新屋頂的排水溝、小農舍，最大的項目也只不過是僅有五、六間店舖的社區小商場。假日會帶兒子到草地玩耍，到森林踏單車，到小溪或小湖邊坐著放空。每個月只會駕車到多倫多一、兩次見見朋友，買些亞洲食材之類。

聽起來很平實，但從他的口中說出來，誰也能感受到滿滿的幸福感。

我告訴他我的近況，香港的生活，與智惠的日常。我沒有特別提及工作的部分，其實工作上的項目並沒甚麼不妥，只是感覺二人相較之下，有種入世與世外、雅與俗的分別。

偉從 407 公路北上轉向 404 公路。

「朱利安是哪天走的？」偉問。

「前一個星期三晚上。」我之前已告訴偉，朱利安是從他設計的大廈天台墮下。我沒有提及他是自殺，因為關於這個可能性，我也未能說服得到自己。

「嗯。」偉沒有多言半句，也沒有特別説些安慰話。我想彼此都有著關於朱利安數不盡的回憶在腦海中盤旋，需要時間來沉澱。高速公路上的街燈逐漸疏落，可能彼此都想著故友而沒有再多説話。寧靜又漆黑的車廂中就像一個情緒的保護網，我看著車窗外略過的，那如深藍色般的叢林與田野，好像也暫時把我從一陣憂傷中抽離，留在一片甚麼也沒有的虛無之中。

❖ · ❖ · ❖

可能昨晚太累加上時差的關係，平常約八點前便會自然醒過來的我，一直在偉家裡的沙發上沉沉睡去，直到一刻，我感到面上像被放上了甚麼東西，意識才漸漸甦醒。當我張開眼睛時，看到一個小男孩拿著小小的玩具車，正要把它放到我的臉上。

我突然的醒來把他嚇了一跳，隨即哈哈大笑地跑開。小孩是偉的兒子迦勒，雖然是混血兒，但卻能從輪廓中看到偉的影子。夏洛特抱著男孩回到客廳，與睡眼惺忪的我彼此問好；多年不見，夏洛特依然漂亮、和藹，只是體態豐滿了些少而已。

「早餐已準備好了。」她說罷並把偉從工作室喚回來後，便匆匆出門，因要先行帶兒子上幼稚園。

我坐在廚房的窗前小桌，陽光與樹蔭大片灑落在餐桌與我的身上。早上的樹蔭是大自然賜予的鎮靜劑，我閉上眼，任由搖曳的樹蔭在我身上遊走片刻後，感覺心情緩和了不少。眼前的餐桌上，是夏洛特切好的牛油果、水煮蛋、藍莓，還有已烤過的貝果。

不知克萊爾現在怎樣了？看到貝果使我不其然想起她。

這時，偉所煮的咖啡，香氣已充滿了整個廚房，一起吃過早餐後，他便帶我參觀其工作室。

「今天的工作夏洛特會處理，快點回去動身梳洗，然後我帶你到小旅館去。」

原來小旅館離偉的家並不遠，開車只需要二十多分鐘的車程。我在偉的 Forester 上看著早晨的北美郊區景色——農田、樹叢、路邊的溪渠，路上迎面而來的車子卻半輛也沒有。

在數個星期前，我還享受著繁囂的、五光十色的城市生活，以及事業上的滿足感，更憧憬著不遠的未來。又有誰想到會一夜間迎來巨變？

這些轉變的發生，快得讓我連腦袋也運算不來，各種的思緒、想法與疑問都紛紛擠到我面前，像是，到底這是人生中的偶然，還是生命特意為我所作的安排？為甚麼會發生這種事？腦袋沒有一刻的停止。

然而，偉的話打斷了我此刻的沉思。

他開始跟我說起關於這小旅館的事。原來館主蘇利文先生，是他外父的好友，三十多年前從美國搬來之後便一直住在這個小鎮。偉也不大清楚他的工作，以年紀來看，相信已是退休多時。偉從外父口中得知，蘇利文先生從很久以前已經買下小旅館附近的一大片土地，本來只蓋了他一家五口的房子，後來孩子都長大成家搬走，他的太太早幾年也過了身，可能感到寂寞的關係，便決定在他的土地上蓋一些小旅館，亦是這個緣故，經外父的介紹下找上了偉來作旅館的建築設計。

聽起來很有意思，我可以看到偉所設計的建築物。

我們駛過一大片農田，再轉入一條郊區小路，路上依然只有我們一輛車在行駛著。眼前小路筆直，看不到盡頭，加上兩旁沒有改變的田原景觀，且全沒任何地標，坐在車上，你跟本不會知道走了多遠，感覺就像通往另一個世界的隧道。

一直行駛在這條路上約五分鐘的時間，路的左邊開始出現一個叢林，偉收下油門，在一個頗為隱蔽的小路口左轉駛入叢林。車速已然減慢，在迂迴且凹凸不平的叢林小路上前進，最後停在一棟以水泥與木材蓋建的小屋旁。

「到了。」偉下車，幫我把行李從車尾箱卸下，領我走到小屋的門前。在水泥牆的大門旁，有一個銅製的名牌陷入在水泥之中。

「Tolstoy（托爾斯泰）」，似乎是這個小屋的名字。

叩，叩，叩，偉敲門，可是屋內沒有聲音。

當我正疑惑著之際，「早啊，偉，他是恩佐吧？」一位面容和藹可親的老先生從屋旁走過來。他年約七、八十歲，個子不小，有一種務農的體態，皮膚稍黝黑，縱然滿頭白髮卻看起來十分精神壯健。我想他應該便是旅館的主人。

「你好蘇利文先生，我是恩佐，很高興認識你。」我上前跟老先生握手打個招呼。

「叫我約翰便可，來，先進屋內，之後我帶你到你的小屋，及其他地方走走。」約翰走到大門前，門根本沒有鎖，輕推一下便把門打開。

「旅館的名字叫托爾斯泰嗎？」我問。

「啊，也不是特別是旅館的名字，只是有個名字會比較方便，而個人喜好稱呼這個地方為托爾斯泰而已。」約翰經過銅製的門牌前用手摸了一下：「這個門牌是整個地方唯一用上比較貴重物料的東西，勞煩了偉找工匠為我特製這個門牌呢。」

偉低頭一笑。

「十分精緻。」我也跟著摸了一下門牌，銅面表面的色澤已隨年月而改變。我很喜歡設計背後考慮到「時間」這個因素，不是刻意抗衡或硬要保持原樣，而是任由建築跟著時間一同成長。或許很多人未必認同，但我相信，接受時間給我們的改變，面對自然而來的生老病死，比強行逃避老去與忌諱死亡，才能擁有更坦然自在且豐富的人生。再者，活得有意義與否，本就跟生命的長短從來都沒有關係。

我跟著約翰與偉的步伐，走進小屋，發覺空間一點也不小。目測約有八百平方尺的空間，一邊是連著小陽台的落地玻璃門，除了兩幅主力牆是水泥之外，其餘的牆身與屋頂都是木結構。屋頂的木結構在室內外露，而小屋的中央是一張能容納八至十人的木製大餐桌，一邊是一個開放式廚房；落地窗前是一張大沙發及數張大大的單人椅，最後面的牆身前，則是一排放滿書的書架。整個室內裝潢看起來，就是一個公用空間的配置。

「首先歡迎你來到這裡，請先到沙發坐坐。要不要喝杯咖啡？或是茶之類？」約翰跟我說。

「不用客氣了，謝謝。」我說，然後偉搭著我的肩膀，帶我到窗前的沙發坐下。

約翰也在單人椅上坐下，氣定神閒，輕鬆地跟我說：「好吧，恩佐，先跟你說，這裡不是甚麼正式的旅館，我們沒有對外開放的，所以進駐這裡的來賓都是朋友的朋友，或口耳相傳才認識這兒，你就當是住在朋友的家吧。當然這裡要付費的，大約十元（註：27）一晚，主要應付日常水電煤與保養維修的開支。你現在身處的小屋是公共空間連同小浴室，平常可隨時進內使用任何設施，只是我們白天盡量少用冷氣，一般待到晚上在這裡聚餐時才會開啓。」

「嗯，明白的。」我回答。

「另外，如果可以的話，我鼓勵你把電話轉駁到家人的手機，然後將旅館前檯的電話號碼告知家人，待到真的有急事才打過來聯絡，我會通知你的。假設我來不及接聽的話，電話也設有留言功能。所以，希望你在這裡的時間能把手機關掉。」約翰說。

我點點頭。聽來越來越有趣。

「這裡有另外七間小屋，每間小屋只能容納一位來賓，等一下我帶你到你的小屋去。現在有三位來賓入住，稍後我也會帶你去認識他們。這裡奉行住客不留痕跡的做法，你的小屋已由上一位住客把床單被鋪更換，地方也打掃好，同樣的，日後你離開的時候，請務必打掃整潔，將房間回復到你進駐前的狀態。」他稍作停頓一下：「現在跟你說一說這裡的時間表。」

還有時間表要跟從?儘管感到奇怪，但我卻未有感到抗拒，心想，既然特意來到鄉郊小住，用上另一種生活模式來過日子也是好的。

「我們的起床時間約為早上五時，各人先梳洗更衣，在自己的小屋吃個簡單的早餐，然後會有一段自行靈修的時間，假如你沒有信仰，嘗試默想也可；如果天已亮我建議你到室外找個地方享受一下獨處。約六至八時，你可在自己的小屋進行一些創作活動，不論是寫作、繪畫還是音樂也好，請嘗試運用上天給你創意，盡情抒發情感。八至十時是體力勞動時間，大家可各自按喜好選擇下田、砍柴，或協助旅館的一些維修項目；不用緊張，都是一些瑣碎簡易的修葺而已，我會教你們的。」約翰在茶几拿起水杯喝了一口，續道：「十時，所有住客須回到這裡一起準備午餐，我們都是吃些簡便的、盡量保持原始狀態的食物。到正午便是各人的自由時間，你可以選擇到旁邊的樹林走走，到田裡、小溪或森林旁的小湖逛逛，也是一個不錯的想法。到了傍晚五時，我們又回到這小屋會合，一起準備晚餐，隨後我們通常會坐在沙發上聊天，或在各小屋前的空地進行營火會。我希望各人能在九點前回到小屋就寢。說到此，不知你有沒有甚麼問題呢？恩佐。」約翰問。

「沒有問題。」我沒有預期將要開始一種如此規律性的生活，但一試也無妨，起碼這種規律或許能填滿我腦袋內的空隙，沒有位置給哀愁悄悄地生長，甚或許可以加快沖淡一些傷痛的記憶。

「還有，你想在這裡待多久也行，直到你準備好回到你的生活為止。」約翰帶著微笑說。

這句話莫名有著重量，彷彿在經歷過驚濤駭浪、勉強爬到了救生艇上的我，幸運地漂流到一個避風港。感謝他接納與容許我的「不振作」。

「對不起約翰，工作室還有事要做，要先走了，我把恩佐交給你呢！」偉從沙發上站起來。

「放心交恩佐給我吧，我相信他在這裡也會有段美好的時光。晚上會過來嗎？」約翰問。

「會的，會帶夏洛特與迦勒過來。」偉答。

「太好了，今晚會有小男孩喜歡吃的東西。」偉的一家似乎與約翰十分親近。

「今晚見吧，恩佐我先走了。」偉用他溫柔的微笑道別。

「好吧恩佐，我帶你到你的小屋看看吧。」約翰說。

約翰帶我走出後門，在林中小徑走著。我看見在林中不遠處的一個小丘上，有一座如用白色墨水筆鈎畫出線條的建築物，只有輪廓，沒有實體，看起來像一間小教堂。

沿著小徑走了約三分鐘，出現在眼前是叢林中一片微微隆起的平地，平地的南邊是七間小屋，向南的屋頂直直延伸到地面，彷彿與草地連成一體，植物與煙囪也從屋頂木瓦的狹縫中生長出來。小屋群面向中央的草地，中間的乾地上有一個大大的、看起來像已氧化了的金屬圓盤，推斷是晚上用作營火會的火爐。

「好了，這間是你的小屋，門沒有鎖的，內外也沒有，先進去看看吧。」約翰說罷便引領我到小屋的門前。門很小，只高約五尺左右，約翰把門打開後我倆要低頭進去。

他把窗戶打開然後關上蚊網。日光從窗戶透進屋內，小小的空間我想約有一百五十平方尺左右，房中放置了一張只有上層的雙層床，下層的位置，放置了一張看起來蠻舒適的單人椅與小茶几；窗前是一張長書桌連工作檯，檯上有些基本的煮食用具，在小屋的角落有一個使用柴火的火爐，煙囪一直延伸到木天花上，而我發現，在天花上有數個如拳頭大小的玻璃小洞，但若作為天窗的話，似乎起不了將日光帶進室內的作用。

約翰教我怎樣使用火爐、如何換被鋪，還有洗衣服等的日常操作。

「小屋沒有冷氣的，連電也沒有，屋內最奢侈的設備就是有獨立馬桶與自來水了。淋浴與有甚麼東西需要充電的話，就要回到旅館前檯小屋裡了。」約翰對我微笑，並拍了我的肩膀一下：「怎樣啊，能習慣吧？」

我笑著點頭回應。雖然我仍未知自己是否真的能適應得來。

「我知道你是可以的。快到午餐時間了，我回去準備，你也來吧。」他說。

「我不餓，我想晚飯時間才來找你們，可以嗎？」

「沒關係，那晚上來吧，在這裡隨便四處走走。」

就這樣，我開始了第一天在托爾斯泰小旅館的生活。

大概時差還未能調節好，我在床上午睡了片刻。醒來之後，我只坐在小屋旁的樹蔭下發呆，甚麼也沒有動力去做，連到森林走走的意願也沒有。來到黃昏，我強迫自己動身去跟隨這裡的時間表活動，到前檯小屋裡協助約翰預備晚餐。

約翰介紹另外三位住客給我認識——剛離婚同時失去女兒撫養權的李奧、作家奧利維亞，與不知道甚麼原因來到這裡暫住的雅各。

我們一同準備簡單晚餐，水煮豌豆、紅蘿蔔、西蘭花和馬鈴薯。約翰在焗爐裡把檸檬奶油香草焗三文魚取出，瞬間香氣滿溢了整個小屋。不久，偉與夏洛特也帶著小小的迦勒前來，我們八人在長枱上晚餐，調皮又可愛的迦勒逗得大家哈哈大笑；眾人都盡情談天說地，彼此彷彿毫無保留與隱藏，像是老早便認識的老朋友在敘舊一般。

這個晚上儘管我話不多，笑容也不多，然而大家的歡笑聲，讓我一直繃緊的肌肉、神經與內心，好像有一點點放鬆似的。

就這樣，這樣就好。

❖ · ❖ · ❖

應該是約翰的小鈴聲響起，示意是早上五時。

天還未亮，初夏清晨感覺還是有丁點寒冷。我摸黑爬下床，勉強找到根火柴點起小油燈後，整個房間的輪廓變清晰起來。昨天已替火爐加柴，我點起柴火關上爐門，然後在水煲中加水，放在火爐頂上待水燒滾。我拿出昨天奧利維亞造的裸麥包切下兩大片，咖啡豆也是前天雅各親自用平底鍋炒烘的，深色的豆很新鮮，看起來滿有光澤。把豆倒進手動研磨器開始攪動，將研磨出來的咖啡粉倒在濾紙中，然後放在濾杯上。趁著水還未燒滾，我把蘋果也洗乾淨；水燒滾後，房間已變得暖和。我把水煲中的水倒出一半到小壺裡準備用來煮咖啡，然後把兩隻雞蛋放到水煲中並置於爐上。

是的，今天的早餐是兩顆水煮蛋，兩片裸麥包，一個蘋果，與一杯黑咖啡。

在寧靜的森林小屋吃過早餐，我隱約聽見其他小屋住客的聲音，想來大家都已經起床，跟著這裡的節奏活動。天開始亮，暗暗的藍光開始從木窗戶滲入。我拿起昨晚從前檯小屋借來的英文版聖經，由《馬太福音》第一章開始閱讀。

忽然一道晨光如線，從天花那個拳頭大小般的玻璃小洞，劃破房間。

在不太明亮的房間中，光柱分外明顯。我把油燈也弄熄，靜靜看著這道光柱，看著光芒開始漸漸變淡；正當我以為光芒就這樣一瞬即逝，未幾，另一道光柱從另一個玻璃洞照進室內。

我為這刻的光景感到意外與讚嘆，彷彿這昏暗小屋中一道又一道的光柱，成為連繫的橋樑，把我內心的狀態向天述說，換來從上天而來的安慰。

我試著雙手合十低頭禱告。禱告並沒甚麼內容，除了對好友的思念，我發覺自己無法具體說出我糾結與憂戚的緣由，更遑論希望祈求一個怎樣的結果，故此我只能求造物主，能安慰我那揮之不去的傷感。

❖ · ❖ · ❖

早上的體力勞動我選擇了砍柴。約翰教導了我正確的姿勢，但卻比我想像中難以掌握得多。

午餐是玉米、青瓜與車打芝士煙肉三明治。自由時間好像大家都早已想好要做甚麼，各自走到森林、小溪，或回到自己的小屋。只有我，不知道可以做甚麼，也不知道自己想做甚麼，就這樣坐在自己的小屋門前，一動不動。

「喂！臭小子，沒精打彩的。」

朱利安的聲音突然在我心中響起。

時間放慢，連周遭的環境聲音也像被隔阻。我意識到，一股對朱利安的強烈思念正如巨浪般湧來。我下意識動身往著旅館的出路走去，經過前檯小屋外我碰見約翰，只簡單告知他我想到森林外圍走一圈便回來。

我不斷向前跑，在大路的出口左轉繼續往前。我開始滿頭大汗，同時感覺那股思念好像追不上我的步伐，可是每當我停下腳步小休，它又像在腦海中追上來一樣。就這樣，我在炎熱午後日光下，跑了不知多遠，多久，嘗試躲避一份思念的來襲。我幻想當我在森林的外圍整整跑一圈，回到小旅館後，我便能把思念徹底消化。然而假如我腦袋清醒的話，我好應該在感到疲累的時候往回頭走，因為我沒有預期，圍繞森林走一圈的距離原來比我想像中遠很多，很多。

我筋疲力竭，也沒有帶水出來，如今已然沒有力氣跑回小旅館。我的腳步放慢，漸漸感到一絲虛脫，一股對朱利安的思念偏又湧至，把我完全吞噬，毫不留情地將我擊倒在地上。

我臥在路旁的草地仰望天空，任由這股思念把我的眼淚與汗水隨思緒直流，不再與我的感受抗衡。

就這樣，這樣就好。

我不知道臥在路旁多久，可能有一兩個小時也說不定。這樣的鄉郊小路，連半輛經過的車也沒有。我沒有手機，沒有水，沒有氣力，也不知道怎樣回到小旅館裡去。在我迷糊地感受到身體已被夕陽餘暉覆蓋之際，約翰的小貨車停在我身旁，他把我扶起，沒有追問甚麼便把我載回小旅館去。

❖ · ❖ · ❖

今天晚上是營火會，約翰說他會和其他旅館內的同伴準備燒烤，著我先去淋浴及休息，整理過後再到草地參與晚飯便可。這個晚上偉一家不會過來，我們吃過烤熱狗、雜菜沙律與莫爾森加拿大人啤酒後，天色已轉昏暗，營火也隨之亮起。雅各拿起結他，在營火前奏出簡單而悅耳的和弦。

也許因為在地上哭了一場，精神疲憊的同時，卻也感到身心好像稍稍變輕了，大概眼淚在身體內是有著沉重的份量。

就像昨晚晚飯一般，眾人開始在營火前放鬆地交談。對話內容沒有特定的主題，大家都隨心而談，想傾訴甚麼便說甚麼，如李奧傾訴他對孩子的思念，奧利維亞分享面對不明朗前路的掙扎，還在考慮是否需要務實一點。中間有些時間大家都想不到說甚麼時，就用雅各的和弦來填滿寂靜。

營火明亮，不時發出霹靂啪嘞的聲響。

「我聽偉說過，你們朋友的事。很遺憾。」約翰突然對我說。

「嗯。」我拿起啤酒喝了一口，整晚都只安靜聆聽他人發言的我，組織了一下語言，說：「這是人生頭一次遇上身邊人突然……且不自然地離開，像電視劇般。」

「對，人生有時真像電視劇。」約翰看著營火慨嘆。

總感覺約翰也是有經歷的人，他開設小旅館的原因，很明顯不是為了生意或牟利，而維持這樣一個旅館，儘管大部分工作都是住客親力親為，但某程度上仍是每天在照顧著不同的人，以他的年紀來說，也會感到吃力吧。或許是寂寞？當親人不在身邊，在退休之齡希望找到一些寄託也未嘗不可。

「為甚麼會開設這個小旅館？」我只是隨意地問。

「你問我為甚麼？其實我也不知道，就是一直以來，我也期望能蓋一座避難所。」約翰說。

「其實我也一直想問這個問題……會是從前的經歷導致你有這個想法嗎？」李奧滿臉好奇，但也有些尷尬，「如果我們問得太多或是你不想回答……」

「不會。旅館接待過那麼多住客，你們才不會是第一個提出這個問題。」約翰是個爽快的人。

「我估計約翰從前必定是個有許多經歷的人。你是退伍軍人吧，你參加過戰役嗎？」奧利維亞也追問。

「我去過越南。」約翰說

「在戰場上是怎樣的一回事？」李奧續問。

「你不會想知道的。」約翰拿起加拿大人啤酒，喝了口後續道：「那年，我只不過是個從麻薩諸塞州康科德出身的小子，甚麼也不懂，一腔熱血便跑去從軍。我想說從軍之前，莫說亞洲，我連麻薩諸塞也沒有離開過。他們一下子就把我放到地球的另一端，然後我才發現，他們把我帶到地獄裡去。」

話音落下後，良久我們都沒有說話，只有雅各的和弦成為背景音樂。

「對你來說應該是段沉重的經歷。」李奧說。

「人生就是這樣。我記得初初去到戰場時的震撼，從平靜的康科德一下子去到越南中部，面對殺戮，面對恐懼，面對身邊同伴突然的離去，面對血淋淋的軀體，還要落力掩飾自己的軟弱，久而久之我心裡產生了很多問號，我開始不能欺騙自己、說服自己是以正義之名去解釋我當時正在做的事。」約翰看著營火停頓了一會，彷彿在喚醒一些記憶：「直到有一次，我記得是初春時份，在西貢內發生游擊戰。我方的建築物被攻擊，炸開了一個大洞；是一些北方的敵軍假扮成逃難的農民來到西貢。就在我奉命參與這場游擊戰的時候，我在一個街角的隱藏角落，看到一個小伙子，他的眼神教我永遠不能忘記。」

約翰見營火的木柴快將燒盡，便拿起一些新柴放到熊熊烈火中。

「一個小伙子，我想比我小五、六歲的年紀，十分瘦弱，當我衝進去拿起槍枝對準他的時候，他驚惶地回頭，然後像是下意識般的把手張開，擋在地上另一個似乎沒有意識的人身上。我當刻腦裡不斷盤算，他們是否真的平民？還是混進來的敵軍？那一刻，他的眼神像在求饒，完全沒有攻擊性，就像一隻站在獵豹跟前的兔子般卑微。只是嘛，即使他如此微小，尚且嘗試保護臥在地上的同伴。而我呢？拿著不對等的武力，掌握著他的生死。為何一個人，對著另一個素未謀面的人，就僅僅因為被命運安排在不同的立場下，便要互相傷害，以至於將對方置於死地？我不明白。」

約翰再呷了一口啤酒，嘆了一口氣後，續道：「他的眼神對我來說就像是最後一根稻草。我慢慢退後，然後離開，像是沒有發現過這個小伙子一樣。當然，我不會知道他到底真的只是一個平民，還是偽裝的北越士兵，我永遠都不會知道。但我就是這樣離開了。」

「之後呢？」李奧顯然對約翰的故事很感興趣。

「之後，便幸運地在身體沒有嚴重損傷下回國。只是心理的傷害久久未能平服。後來與太太離開我的國家來到這裡，重新認識新的朋友，包括夏洛特的爸爸。然後嘛，孩子長大離開，太太也回天家了，才發現有一件事原來一直在我心頭纏繞。那小伙子求饒的眼神，讓我想建造一個如避難所般的地方——任何人在這裡都好像是大自然的一部分，沒有立場，沒有身份，也沒有對錯；誰在這兒都是安全的、自在的。」約翰說罷後聳聳肩，笑了一笑。

「如你所說，我們都是來避難的。」李奧打趣地說。

奧利維亞舉起啤酒：「為避難所，乾杯！」

世上或許沒有永恆的烏托邦，但這裡，確是一個讓人能暫時回復到原始規律與關係、不用再多思考甚麼的避難所。

而需要來這裡避難的，又怎可能只有我一個。

第十一章

湖與書桌

配樂｜Anthology / Haruka Nakamura

小鈴聲響起同樣是早上五時。天還未亮，初夏的清晨感覺依然是有點寒冷。吃過早餐後，一道光柱依舊從天花的光孔透進房間，像要跟我說早安一般，但今天我決定不留在小屋裡，我帶著借來的聖經走出室外，準備找個地方閱讀。外面的草地上帶一層薄薄的晨露，我踏在靛藍色的樹蔭下，每一步都發出清脆的聲響。我想起來到小屋走過的一段路時，眺望森林中彷彿有一座只有輪廓的小教堂，我決定走進森林去看看。

森林本無路，有的都是之前在這裡經過的人踏過而留下的痕跡。我依著記憶中小教堂的方向走上一座小山丘，天色漸明亮，我走了約十多分鐘依然看不見小教堂的蹤影，心想：難道是我記錯了？

然而就在此際，我看到山丘不遠處有一樣奇怪的東西。

是一個離地約三米高的巨型鳥巢，是如一張小床般的大小，卡在樹幹的分叉位置上，由一條沒有扶手的水泥樓梯連接地面。

這是甚麼回事？

走近水泥樓梯細看，樓梯很窄，只約八十厘米的闊度。強烈的好奇心驅使我想知道鳥巢內究竟存在著甚麼。我踏上水泥樓梯板，一步步小心翼翼地往上走，縱然這個鳥巢僅是離地三米多的距離，但走在這條沒有扶手的窄梯上，已足夠給有點點畏高症的我帶來恐懼感。

我心跳加速，同一時間森林的地平線慢慢往下移，我像一隻鳥兒般以慢動作離地飛向森林之中。

踏上樓梯頂的最後一級，卻發現鳥巢內甚麼也沒有。

外面用樹枝交織的鳥巢，內裡鋪了一層用粗麻繩編織的網，及數片從樹上掉下的落葉，僅此而已。我把一隻腳嘗試踏上鳥巢，看看是否能承受我的重量，看來結構十分穩妥，於是便讓整個身軀走到鳥巢之上，從鳥巢上看著晨光從森林交纏的樹幹間穿過。

啊，鳥兒在樹幹上觀看到森林的視角，原來是這個樣子的⋯⋯

不知為何，我的雙腿不由自主慢慢跪下，像無力般臥在鳥巢內，然後身體捲縮，像嬰兒睡在母親的懷裡一樣。

不是，不是沒緣由的。我知道為甚麼身體與心理出現這種反應，那是因為另一場對朱利安思念潮浪的來襲。只是我知道，這一次的潮浪將會比上一次減弱，待潮水退去，我便能再站起來，然後在我未能預料的時刻，下一次思憶的潮浪又會再次來臨，來了，又去，來了，又去，一次又一次，痛苦的反應便會漸次減輕。

潮汐漲退，思憶流逝的過程總是無可避免地來回，但起碼我知道我正在向療癒的方向前進，需要的只是時間而已。

我緊緊地在鳥巢內捲縮一團，直望著清晨森林中、被樹影半掩的天空，然後閉上眼睛，任由這次的潮浪沖擦過我的腦海，同時讓這個鳥巢包圍著我，讓我感受著這裡所給予我那無法言喻的安全感。

就這樣，這樣就好。

在小旅館生活已經三、四天，說真的，除了第二天在森林外圍跑不到一圈之外，過去數天根本沒有認真四處走走，莫說到森林裡或小湖那邊逛逛。今天感覺總算適應了小旅館生活的節奏，亦開始有意欲去到處探索，殊不知今早第一次走進森林已經發現鳥巢這個驚喜，不其然讓我幻想，究竟森林裡還隱藏著多少個偉與約翰埋下的寶藏？

到田裡做一些夏季來臨前的農務，採摘這數天食用的農產，是我今天的勞動選擇。完成工作已大約九時半，我回到小屋梳洗一下，準備回到前檯小屋幫忙預備午餐。就在我打開小屋大門之際，在遠方日光下的草地上，我看見偉與約翰，帶同一個身穿白衣、及肩頭髮垂至臉旁的身影，我再瞇起眼睛認真觀看，隱約看到一張目無表情卻熟悉的面孔。他們走向另一間沒有住客的小屋。

克萊爾。

我心裡湧起了一股衝動，想走過去找克萊爾，就如長途航行在汪洋上突然看到一座島那樣。我想知道她的近況，上前對她問候也好，安慰也好，就想給她送上一點關心。可是，只要多一秒思考，便知道這做法是毫無意義的，連我作為朱利安的好友也未能將心情平復，何況是克萊爾呢？原本踏出一步的雙腳被理性阻撓，我只站在自己的小屋前，遠遠看著偉與約翰領著克萊爾進入小屋。

不一會，偉獨自從克萊爾的小屋走出來，看見陽光下站在小屋前的我，慢慢向我的方向走來。

「本來她準備回媽媽家。」偉知道我看到了，淡然卻帶著微笑地說：「我把她也帶來了。」

我只點點頭。

做得好，偉。但我心裡是這樣說。

❖・❖・❖

今天的午餐用上我早上摘下的生菜，加上約翰在市場買的煙肉、番茄，配上奧利維亞昨天烘的大麵包，製成的三明治。

克萊爾沒有現身。

❖・❖・❖

聽李奧說，森林另一邊那條小溪連接著一個湖。趁著自由時間我沿著小溪走，走了大約十分鐘，在森林的盡頭確實看到一個小湖，湖面平靜如鏡。它面積不大，我想只有兩三個田徑場的面積。而不知是否我的錯覺，好像有一張書桌與椅子放在湖面的中央。

又發現，湖邊的樹蔭下有一隻小艇停泊在岸邊，樹旁有一棟小木屋。

我走進小木屋，室內十分昏暗且沒有電燈，像個只有一百平方尺的小盒子般，中間同樣放置著一張木書桌。我把前面一對落地的木窗打開，瞬間湖的景色映入眼簾。

我再在屋內細看，發現牆身上貼滿了不同畫風的水彩畫，是前面小湖在不同季節時的景色。從森林是翠綠的、到入秋後樹木變成黃葉的，有感覺蒼涼只剩下枯枝的，以至森林被白雪覆蓋，甚至湖面結成冰的景象，全都被紀錄在水彩畫裡。當然其中也有些不同的主題，如畫有其他的風景，也有的描繪了不同的動物、建築物或人像。

我把木書桌的抽屜拉開，有一些水彩顏料與畫紙，我拿出來關上抽屜，到牆身的架上拿下水彩畫筆及一個玻璃杯。帶著水杯往湖邊取水後，我回到小木屋內，坐在窗前的木書桌，如順應著安排般開始用水彩繪畫湖景。

這是一間只為讓人畫水彩畫的建築。

我專注且心情放鬆地畫了一幅粉色調的湖景，不知不覺，原來竟畫了好幾個小時。下午三時，我見太陽的猛烈程度減弱，忽然生起念頭，把小木屋的窗戶都關上後，便帶著剛畫好的水彩畫，走到木屋旁的小艇。鬆綁，再輕力推離岸後便小心翼翼地爬進艇裡，向著湖中的書桌划去。

下午的微風在水面只能掃出一層跟一層淡淡的波紋，使日光的反射閃爍不停。而我的船槳所泛起的漣漪，在船後向左右擴散，緩慢地蓋過波紋。

我離湖的中心越來越近，看清楚，確實是一張陳舊的木書桌與椅子，放在一個小如兩米乘兩米、被一層水面蓋過的水泥平台上。正因為這個緣故，從遠處看會看不到平台，以為是桌子浮在水面上那樣。

我的艇划到水泥平台邊，確定桌子與椅子似乎牢牢地固定在平台上後，我把繩索繫在桌子的腳上，把鞋脫下留在船上，便赤著腳，帶著水彩畫走上平台，並坐到桌前。湖中的桌子同樣有個抽屜，打開後只有一支墨水筆與一小瓶墨水。在水彩紙上劃了數圈後，墨水筆終於有墨水緩緩流出。

坐在湖中央的書桌前，雙腳浸在日光閃耀的波紋中。情緒如初夏的微風溫柔流動，然後我動筆，以我的水彩畫作信紙，開始在午後的湖中央寫信。這是一封給朱利安的信。

我在下款位置寫上名字後，便輕輕的把信放在湖面上任其漂浮。水彩紙在水面慢慢吸收水份，連同文字的重量使其緩緩下沉，然後信紙與我的信息向著湖的深處走去，直到我視線所無法觸及的世界。

水彩小木屋，與這個站立在湖中的書桌彷彿是雙生的一體，顯然它們非從「名詞」而生，更像是建基於某些特定的「動詞」所設計出來。我不能具體形容它們的功能，它們存在的實際意義，就連怎樣稱呼這些建築物也有難度。只是，在我心緒未能消化某些現實的這刻，它們卻幫助我把內裡的一片陰霾帶走。

我回到小艇把鞋穿上，離開湖中的書桌，往岸邊划回去。

下午的暖陽依然耀眼，風靜止了，湖面清澈如鏡，我看見前方翠綠的樹林、水彩小木屋，與站在旁邊，身穿白裙的克萊爾，在湖面上的倒影。

我向著克萊爾的方向划過去，她站著不動，眺望湖上的我。我們的距離慢慢拉近，她沒帶神情的臉亦越見清晰。我倆對望，彼此的眼神卻似沒存在任何信息，如本來獨處在森林中偶遇另一個陌生人般。

在離岸不遠的時候，我沒有再向前划，任由船尾的漣漪輕輕將我推回岸邊，在離開小艇，把它繫在小木屋的柱上後，我走到克萊爾身旁的不遠處站著不動，只跟她一同朝湖的方向望去。

良久我們都沒有說話，就像僅僅於靜止狀態的邊緣徘徊著。

「還好吧？」我拿出勇氣，轉頭默默望著克萊爾，以嘆息般的一句試圖打破沉默。她停滯了數秒，才轉頭望向我，然後轉身慢慢走到我的跟前。

她以像是看著一個陌生人般的眼神凝視我的臉，似是要花點時間細閱著我的五官，方能理解站在她面前的，是她認識的人一樣。然而，她的眉心開始皺起，在我沒有預期的下一刻，克萊爾狠狠的一巴掌朝我臉上摑過來。

在我的意識快要短路之前，克萊爾的手已摑在我另一邊臉上。

「你不是說會看著他嗎？」克萊爾聲音深沉地說了一句。

時間完全陷入靜止之中，我不懂用甚麼反應來面對眼前的克萊爾，她給我的一記耳光，像把我努力潛藏在心底的自責感勾起。我任由她向我宣洩情緒，只要能讓她好過一點的話，怎樣也可以。

「你不是跟我說會看著他嗎！」克萊爾終於從深沉的平靜中甦醒過來，這次她放聲咆哮，再一次用力摑我的臉上。

「你不是說會看著他嗎？那晚你到哪裡去了？」她一邊哽咽大哮，一邊緊握拳頭打在我的胸口上，直到她力氣耗盡，然後聲淚俱下，像虛脫一樣跪在地上。

「恩佐啊！恩佐啊……我很痛，我心很痛啊……」克萊爾垂頭，一手按著自己的胸口痛哭。「我該怎辦啊……恩佐……」

樹蔭蓋不住她的淚乾腸斷。我知道面前的克萊爾正被一股海嘯般的思念與哀痛所踐踏著。我甚麼也做不到，我感到內心也被撕裂著的同時，只能靜靜站在她的身旁，等待這場海嘯完結，等待所有潮汐退去，才可以在一片頹垣敗瓦之中，替克萊爾、也同時替自己，一片跟一片把粉碎如瓦礫碎片的心拾起、整理，再慢慢讓時間為心靈作災後復原。

❖ · ❖ · ❖

陪著克萊爾到她內裡的海嘯都退去，已經是下午四時多。我們坐在水彩小屋旁一片樹蔭下的草地，望著被接近黃昏的日光映照的湖面，與孤獨地站立在湖中的書桌。

這場海嘯一下子把克萊爾從朱利安離開後所累積的情緒釋放出來。待克萊爾慢慢冷靜與平復之後，我們才能夠勉強回到平常的狀態，她回復成我認識的克萊爾，我亦回復成她所認識的恩佐，在大自然的環抱下，一起面對凌駕我們的無力感。

「很痛吧？臉。」克萊爾說。

「還好。」我答。

「對不起呢……」克萊爾托著腮看著我：「在你面前，我終於能釋放出來。」

「我有想過還手的。」我隨便說一句幹話，期望讓她心情再放鬆一點。

「臭小子……」她的語氣像極朱利安，而且終於看見她久違的微笑。

我知道某一天，下一場思念的湧浪將會再次襲向克萊爾，但在此之前，好好地正常生活，好好地預備下一場思浪的來襲，是我們唯一可以做的。而下一場的衝擊力必然減弱，之後一直遞減，最後變成一道柔弱的漣漪，在記憶中偶爾產生溫柔的迴響。

「那晚，你跟他分開後，我有打電話給他。」克萊爾說。

「是嗎？他說甚麼？」

「他著我要為你與智惠準備來紐約的事。找房子啦，聯絡相熟的銀行經理啦，他十分雀躍。」

「嗯。」

「還有，他說在大廈頂樓看著他自己的設計，感覺十分震撼，同時亦很有趣。」

「是這樣嗎……」

「然後……」克萊爾停頓了一刻，說：「我好像從他電話的另一邊，隱約聽到一個熟悉的電話鈴聲，但只聽到兩三秒後，那鈴聲便消失，我們的通話也突然被掛斷。」

「你是說……」

「那晚他不是一個人的。」克萊爾低下頭，以堅定的語氣說。

「你說是熟悉的鈴聲，那麼，你能記得身邊有認識的人用相同鈴聲嗎？」我背上忽然冒出了冷汗，有一種不祥的預感。

「李察。」克萊爾說過後，彼此又回到沉默之中。

即使李察的電話是用相同的鈴聲，但鈴聲來來去去也是那幾種啊，那晚跟朱利安一起的人不一定是他吧？縱然那晚李察真的跟朱利安一起在頂樓，又有甚麼證據顯示朱利安的離去跟李察有關呢？我們想不到任何理由朱利安會選擇輕生，硬說朱利安是因為獨立屋醜聞一躍而下是匪夷所思的，他不是這樣的人；同樣我們也想不出李察有任何動機，需要加害朱利安到這個程度。只是，從那晚之後我對李察父子就是有種說不出的恐懼感，明明是多年朋友，李察卻在不知不覺間讓我感到陌生非常；朱利安離去後，李察曾多次嘗試致電給我，但我一次也沒有接聽，那莫名的不安讓我給出了這樣的反應。

有時，我倒期望人生真的像電視劇一般，起碼會有一個結局，而結局又會把謎團一一解開，不像現實那樣使人折騰。我與克萊爾坐在湖邊，望著湖面上清晰的森林倒影，同時也面對著我們模糊不清的人生。

第十二章

樹林與琴

配樂 — Les Jours Tranquilles / Andre Gagnon

昨夜我的心情很平靜，樹林卻嚎哭了一場。

沙沙的雨在早晨之前離開，然後約翰的鈴聲把我叫醒。我摸黑爬下床，燃起火爐燒水準備煮咖啡，簡單的梳洗，開始一天原始的規律。吃過早餐後，我坐在床上抬頭仰望，期待第一線光柱從天花跑進陰暗的房間來向我說早安。

時間尚早，但我心血來潮想到外邊走走，便更衣再穿上鞋子，誰知剛踏出小屋，即看見克萊爾也站在她的小屋前。

屋簷還滴著雨水，但晨光已急不及待穿透林木之間。身穿牛仔褲，與一件麻質上衣的克萊爾也看到我，我們彼此點頭問好，然後彷彿有默契般一同走到中間的草地會合，再一同朝樹林小徑方向走去。

今天的克萊爾看來心情平復了不少。

濕潤的碎石路，待日出不久便會變回乾爽。我與克萊爾一前一後走在通往小山丘的小徑，經過水泥階梯上的鳥巢旁時，克萊爾停下了腳步，向上望向鳥巢，問：「那是甚麼？」

「是一個避難所。」我這樣回答克萊爾，對我來說，它就是這個目的而存在，而我在其中避過一場潮湧的來襲。

「你上過去吧？」克萊爾問。

「嗯。」

我看著這條連接著鳥巢，同時沒有扶手的樓梯。那窄窄的梯階，只能容許一個人小心翼翼地走上去，衍生出來那種孤獨的專注與危機感，是感受鳥巢過程中的一部分；當你離開最後一級梯階踏上鳥巢那刻，你的視線就會像鳥兒安然立於大樹之上，變得寬廣遼闊。從精神繃緊到放鬆的狀態，到彷彿容入自然之內，臥在鳥巢的圍繞與安全感之中。整個過程，讓受傷的人有足夠的安全感，自我療癒，慢慢調節到可重新生活的狀態。

然而，這樣的階梯沒有扶手，也沒有讓人感到安全的闊度，根本沒有跟從建築條例的規範可言。現在回想，除了前檯小屋之外，這裡又有哪一個建築物是有跟隨建築條例的呢？

我開始明白為何約翰選擇不向外張揚他的這個小旅館。這裡就像從前，社會還未有建築規範的時代，人們依據他們的所需，只以常理作為他們的規範，建造他們的建築物。居住也好，祭祀也好，是為功能性還是心靈層面都好，都能以最原始、最自由自在的方式去從事建築這回事。

在這個時代，我們多了技術，卻好像少了本能上與環境之間的感知。我們會詬病朱利安的設計，在現代城市的獨立屋中那條沒有扶手的樓梯，但不會擔心面前連著鳥巢，同樣是沒有扶手的階梯，可能會對小迦勒構成危險。

對於設計這個旅館空間的偉，我忽然心生無比的敬佩。

「找個時間待鳥巢被陽光與風弄乾後，上去看看吧。」我建議克萊爾。

克萊爾向我微笑著點頭，然後我們繼續往樹林的中心漫無目的地走。

晨光開始照耀著樹林，經過樹葉之間的罅隙形成一道跟一道從東面灑下來的光束，偶爾雨水與晨露從樹上的葉尖滴下。我們繼續踏在那條通往小山丘的路徑，走了不久，忽然看見山丘上有一幅像是用白色墨水鈎出、似是一座小教堂的線條，並以森林的綠作背景的畫。

對了，是上次我最終忘了要尋訪的小教堂。

當我們走近它的時候，我好像看著一個慢慢被我轉動的 SketchUp（註：28）線條模型般。筆觸是塗上白色的鋼筋，化成輪廓的線；兩三條不工整的線條重疊勾勒出牆身、屋頂、小鐘塔，以及於其上的十字架，成為整個小教堂的輪廓，感覺就像經人手繪出來的草稿。小教堂沒有牆，但正面有一道白色的舊木門。那道門與小教堂輪廓線條的影子，輕輕幅蓋在地上。

我與克萊爾互相對望了一刻，相信彼此都不明白，設計這座建築物或藝術裝置背後的原因，然而可以肯定的是，它聳立在這個森林之中竟是毫無違和感。

我們走近到門前，看見白門破舊不堪，應該是從一些被拆卸的建築物中遷移過來。我握著銅門柄把門打開，發現小教堂內有兩張殘舊的白色木椅與一個小講台，從小徑上來時剛巧會被門頁擋著視線，而不知道它們的存在。

小教堂根本沒有牆，其實不用打開門也能從任何位置走進去。但當我看見小教堂的輪廓，內裡像是有種規律般，會驅使我想順從某種儀式感，謙卑的從正門內進。像這樣沒有牆的建築，你在裡面與在外面也是一樣完全暴露於森林的空氣、日光與風雨之中，只是教我意想不到的是，當我踏進去那刻，我的心理狀態竟也跟著轉變。

人，變得脆弱、渺小，但這不是負面的感受，而是一種寧靜、謙卑，與安穩的感覺應運而生。

我走到一張椅子前坐下，克萊爾也跟隨，坐在另一張椅子上。

我從下而上看著小教堂的輪廓，看著屋頂的鐘塔與十架的線條，跟日光經樹蔭掃出的光線交織在一起。這刻克萊爾閉上眼睛，像感受著這個空間所賦予一切不能言喻的平靜。而我也不期然雙手合十，低下頭默禱。

時間感漸漸消失，就像是失去時間概念的程度。日光、樹蔭、鳥鳴、風的流動，以至初夏的森林氣味，與這座透明教堂所釋放一切安頓靈魂的感覺完全重疊在一起。我深深感受到一種原始的建築感染力，或再具體一點，一種心靈的療癒力此刻對我，與克萊爾都發揮起安撫的作用。

「你知道嘛，」克萊爾突然淡然地說，「有一晚朱利安喝醉了，他說曾經做了一件對你十分虧欠、卻又無可奈何的事。」

「是……甚麼呢？」我問。

「我也不知道啊，你知道嗎？」克萊爾說。

過了這麼多年，這傢伙還耿耿於懷嗎？

「誰知道那傢伙在想甚麼呢？反正我記不起他有甚麼虧欠我便是了。」我微笑地回答克萊爾。

「那就好，他必定很安心呢。」克萊爾也露出欣慰的笑容。

誰跟誰走在一起，生命早已為我們安排好，我是這樣認為的。關於我、朱利安與克萊爾之間，我根本未曾有過半點糾結，我又怎能料到，原來我的好友如今還在自責？怎麼我一直沒有留意到呢？我內心不斷問自己，也為我竟對摯友的內疚感而不自知，默默心存歉意。

對不起呢，朱利安。

「呀！關於虧欠，我想起了！貝果與咖啡的款項還欠我呢！」我刻意提高聲線向克萊爾說。

她忍不住大笑：「欠你多少了？」

「三十八塊，你代他還吧！」

「好啦好啦……」

數隻鳥兒從樹林的一邊飛來，穿過小教堂後，朝日出的方向飛去。森林中除了風聲與鳥兒的歌聲，還有我與克萊爾的笑聲。

克萊爾，我們要做一輩子的朋友啊。

❖ · ❖ · ❖

今天是替李奧餞行的日子。李奧決定找前妻心平氣和地討論孩子的事，所以準備好要離開小旅館。

一位住客離開的同時，偉也接了另一位同樣來自香港、名叫芮妮的新住客到來。人來人往，避難所正發揮著它的作用。

我們今天都不作勞動，早上一同回到前檯小屋，準備了一頓豐富的午餐跟李奧送別。因為是週末的關係，偉、夏洛特跟芮妮早上到市場買了些急凍海鮮回來。檸檬香草焗鱸魚、水煮大西洋龍蝦，還有牛油白酒青口，再加上奧利維亞的麵包與雅各的咖啡，是今天午餐的菜單。克萊爾也說要幫忙，她早已請偉替她購買馬斯卡彭芝士與意式手指餅，好讓她造提拉米蘇作餐後甜品。

各人擠在廚房中各有各忙，只有我跟小迦勒，在大廳中百無聊賴。小迦勒沒有逗我陪他玩耍，只從背包之中拿出兒童圖書來讀，自得其樂。我看他小小年紀已看書看得津津有味，也提起我的意欲走到大廳的書架前，看看有甚麼或許教我有興趣的。

書架不大，除了有幾本不同版本的聖經與靈修書籍外，就是一些文學巨著、童話與哲學書之類，一本工具書或心靈雞湯類型的都完全沒有。我再仔細察看，有梭羅的《湖濱散記》、費茲傑羅的《大亨小傳》、卡繆的《異鄉人》等等，而令我驚訝的，居然還有數本村上春樹作品的英譯本；此時我忽然想起，既然小旅館起名為托爾斯泰，怎麼好像連一本托爾斯泰的著作也找不到？我從頭開始由上至下、每層書架掃視一遍，最終只找到一本托爾斯泰的短篇故事集。

《人為甚麼而活》。

這讓我好奇，既然約翰把這裡起名為托爾斯泰，又既然這是旅館中唯一一本托爾斯泰的作品，或許讀過後，會明白約翰、甚至是偉建造這座如避難所般的小旅館背後的原因。於是我把書借下，準備作為我下午的讀物。

午餐準備好，大伙兒圍在大木桌前，海鮮香氣四溢，約翰帶領祝禱，同時為到李奧與前妻跟孩子的事情禱告後，約翰不知從哪裡拿出一瓶白酒要跟大家一同暢飲。小屋外經過昨晚的大雨洗滌後陽光燦爛，跟室內的氣氛一樣，愉快明媚。此刻每個人都不像曾因經歷傷痛而來到避難所一般，連克萊爾也暫時放下哀傷，露出笑容。

儘管我與李奧才認識不到兩星期，但同住在這個小旅館，就感覺是與外面世界的時間運行在不同的軌道上，只有我們是身處同一時空的伙伴，故此對他總有著不捨。

李奧在飯後作最後的道謝，並祝願大家早日回到自己的生活。

約翰鬼馬地說：「對啊！你們快走快走！」並放聲大笑，大家也都跟著笑成一團。

我們用一場盛宴來道別，亦同時歡迎著到來這裡療癒的每一位傷者。

❖　·　❖　·　❖

熱鬧的盛宴過後，我獨自坐在樹蔭下，讀了數篇《人為甚麼而活》中的短篇故事。

我本以為這裡的建築物，或這個小旅館的生活規律，是取材自這本短篇集中的故事，但大概是我一廂情願，我讀了當中超過一半，也看不出書中的片言隻字，跟這裡的環境與建築物有任何關係。

但我仍繼續讀下去，不再是為了從文字中找尋答案，而是單純地享受閱讀，而且這本小說，更似乎讓住在這兒的我有一份獨特的共鳴——這裡，每一個建築物就像一篇獨立的短篇小故事。

建築物們靜靜地立在樹林或湖上的一角，沉靜而溫柔，釋放如文學一樣的感染力與療癒力。這裡不會被外界所知悉，同時不容被世俗所規範。就這樣，默默等待經口耳相傳而來、每一位逃難者的到來，讓建築物與自然一同協奏起安撫人心靈的樂章，讓傷者慢慢自癒，直至有能力重新站起，回去面對那個或許殘酷，卻又不能逃避的世界。

看著眼前草地後的一片樹林，我想知道，究竟還有多少個約翰與偉埋下的寶藏，收藏在這片樹林裡面？於是我不假思索，隨心而行，把書留在樹蔭之下便大步朝向樹林中心的方向走去。

鳥巢，水彩小屋，湖上書桌，到透明小教堂，我沿途經過每一個在這段時間療癒過我的它們。這次我沒停下腳步，繼續往樹林的深處走，想盡情去探索每一片空間，到我也不知自己走了多久、連方向感也失去之際，突然在我面前出現一幢小小的、如倉庫的水泥建築。

眼前一座小小的水泥建築，目測只有兩米多高，在叢林中毫不起眼，像完全融入到樹林之中。當我走近時，我開始看見水泥表面擁有比正常更為幼細的紋理；建築物的形狀有點像一個從地殼生長出來的水泥蘑菇，正面看又像一台垂直豎起並拉長的三角鋼琴。水泥的牆身就有如一匹布，勾勒出兩層的屋頂弧線，像流動著與地面連成一線。

我朝另一個方向走近這座建築物，發現它有一扇破舊的木門，而木門的下方，有一條仿如給小火車用的路軌，一直延伸到樹林更深之處。

好奇心驅使下，我慢慢走近建築物的木門。像農場倉庫的木門，扣在像已生銹的金屬門鉸上。門沒有上鎖，我猶豫了一會便伸手握著門柄，把門打開。內裡是幽暗的，但靠著門外的陽光，仍可清楚看到一台殘舊的直立式鋼琴，與一張木椅，放在這個倉庫內的路軌板車上。

彷彿有一種力量像在呼喚著我般，我把門大大的打開，握緊板車的拉手，嘗試把鋼琴拖出倉庫。啟動板車的第一步好像需要一點氣力，我用力一拉，板車的輪子在路軌上發出輕微的咯咯聲響後，移動逐漸變得順暢。軌道先下行至一個微微傾斜的緩衝，然後需要再用點力量把它拉上小坡，才能達至樹林的平地上。就這樣，我慢慢地把一座鋼琴沿著路軌帶到樹林之中。

鋼琴像歷盡滄桑似的，琴身的亮面塗層早已褪去，露出深淺不均的啞光木紋色面。

一隻鳥兒從頭上飛過發出洪亮的叫聲。我不知道路軌的盡頭，但就是沒有想過把板車停下。拖著鋼琴在林中散步的感覺很奇妙，這刻我彷似不在物理的世界，而是魔幻地帶著一台鋼琴走進自己內心深處一般。

走了一會，終於到達路軌的盡頭，這兒不過是像是樹林中的任何一角。我把板車停下，同時將車上的把手向下按，將板車的車輪鎖定。然後我踏上板車，坐在木椅子上，輕輕打開鋼琴蓋，剎瞬間鍵盤已被搖曳的樹蔭所覆蓋。

我的指頭嘗試敲在泛微黃的 C 鍵上，咚的一聲，在樹林中產生清澈迴響之際，隨即聽到鳥兒們拍翼飛翔的聲音。

就這樣，我跟隨著建築物沒言明的預設指示來到這裡——倉庫沒上鎖的門，連著路軌的板車與鋼琴，通往樹林深處的盡頭。沒文字，沒語言，不用為使用者加上任何註解，但一環緊扣一環的設計，讓人心領神會，知道「我下一步該怎樣做」。

像現在，我獨自坐在樹林中的鋼琴前，雙手已經自然地放在鍵盤上準備彈奏。

一切都是這樣理所當然。

我是首次深刻感受到，建築物，原來是可以如此真誠地與人溝通。

我知道下一步該怎樣做。

默默坐在鋼琴前的片刻，另一場對朱利安思念的潮湧又悄悄跑來，但我知道，這次的力量不足以把我吞噬，如今它已變成了一道哀愁的漣漪，而且是帶著溫柔與溫暖的。

不期然想起我在湖中書桌上，給朱利安所寫的那封信中，我想，那封信現在已到達湖底的最深處，到達天國的郵箱，或許已在你手中被你閱讀著也說不定。

我按下琴鍵，在森林中為我的摯友彈奏一首只屬於他的安魂曲。

「親愛的朱利安，

我昨晚作了一個夢。

那夜海難之後，在茫茫大海之中我獨自在救生小艇上，飄浮著待到另一天正午。絕望的我完全找不到你的蹤影，海平線盡頭的背後有甚麼？已經永遠都不會知道了，我連回頭的力氣也欠奉。就這樣在猛烈的陽光下臥在艇上，無助地等待救援。

突然，一艘彷似從海平線背面駛來的帆船，發現了我的小艇。它駛近，停在旁，看看我有甚麼需要幫忙。他們很熱心而且充滿朝氣。他們給我喝水，也分了一個麵包予我充飢，到稍為回復體力，我看到他們每一位的眼神都像是滿有冀盼般，便問他們準備要往哪裡去。

到海平線盡頭的背後。他們是這樣說。

我伸手指一指我出發的地方，問，是那裡嗎？

對啊。

他們聽說，海平線的背後是個美好的世界，驅使他們無論如何也要出海，到那個未知的世界去看看。他們是那麼肯定地期盼著。

我甚麼都沒有說，只跟著帆船，被他們拖帶著回到我們家鄉的海灣。

在離岸不遠處，我先與大家話別，為了逃避去看帆船上眾人抵岸時的表情。我沿岸邊划著小艇，當下再沒有任何方向與目的地。

漫無目的，胡亂地划著、划著，看到岸邊有一個河口便嘗試駛進去，我一直都不知道，原來我們的故鄉有這條清澈的河。然後在河的一個分支划過去，無意間到達了一個水平如鏡、被森林包圍的湖，我感到這裡景色不錯，便棲身於此。這裡沒有驚濤駭浪，沒有新鮮事情，只有一些友善的居民，與森林四季的變化。一切都是這樣的平靜，也安穩。

這樣的生活很不錯。

多麼希望你也能來這裡看看。或許你會喜歡也說不定。

你如今在那邊，划著一艘怎樣的船，又到過哪裡呢？

你這混蛋，放下一切就這樣離開，你別得意，你以為我會一直這樣想念著你嗎？不會呢，我才不會，我下星期就回去陪智惠了，我倒想念她呢。

好好保重，在再見面之前，我會代你划好這邊的船。

也會好好學懂威士忌的，就算最後只懂皮毛，也會在人前裝模作樣。
我與智惠會看著克萊爾的，勿念。

恩佐上」

後記

[1968年　初春]

他一直在等待的機會今天終於來臨。

戰事已過了多年卻完全沒有終止的跡象。從他還被稱為小孩那時開始，到現在被逼看作是成年人，也不過是十年多的事。然而瘦弱的他，根本還是個少年，可是環境並沒有給他青少年期的成長過程，只有小孩與成人的分野，沒有中間。

環境同時沒有告訴他成長是怎樣一回事，家人一個跟一個在戰火中消失，也來不及哀愁，生存下去已經是他唯一要面對的事。與其當個活得像獵物般的平民，對生命完全沒有討價還價的能力，就像他的家人一樣，倒不如混進軍隊，起碼有武器，尚有半餐溫飽，他這樣想。

他一直不能完全明白這次戰爭的目的與意義何在。北方、南方、美軍，也好像還有不同的國家都來到這裡扭作一團。他本無立場的概念，只是在他眼裡，勝利、手執權力的一方，便好像能對失敗、沒有權力的一方做甚麼都可以。因此，他不想成為失敗的那方。

他一直以為，就像身邊的人告訴他那樣，他身處的北方軍隊有多厲害。直至一次見識到美軍先進的武器，他才發現力量的懸殊。當下他下了一個結論——單憑實力，最終自己一方必然敗北，意味著將成為失敗者的他，又要再次面對任人宰割的狀態。

有數不清的問題在他腦海內，他不明白，為甚麼他要出身於這個地方？就算經歷戰亂是無可避免，為可他不能屬於強大戰力的敵方，而是身處弱勢的一方？他告訴自己，與其這樣等待失敗，甚至死亡，他必須想辦法離開。

而這時命運好像給他一條出路。

上級安排一些隊員假裝難民南下滲入西貢，然後等待指令發動突襲。他知道年少而瘦弱的自己看起來根本不像一個軍人，故此決定無論如何先想辦法加入任務，到達西貢之後，再看看有沒有甚麼方法離開他認為注定失敗的軍隊與命運。

他成功了。與同行的隊員乘坐佯裝運送農產的貨車，經過順化一直南下，最終到達西貢。途中另一位比他只年長兩三歲的隊員，視他作好友般，從旁滔滔不絕教導他，如怎樣正確運用槍支，在游擊戰的時候面對高大的美軍該如何突襲，到西貢的時候又要怎樣攻入大使館之類。然而在他眼中，所謂的隊友只是一個跟他同樣瘦削的少年而已，更沒有把對方視為朋友。

到達西貢安頓一晚後，他完全找不到一刻能脫離隊員的視線，根本沒有逃離的空間。直至第二天收到指令，他們帶著武器到達敵軍的設施附近準備突襲。他退到大隊的最後，等待一眾隊員上前進攻之際，他靜悄悄地向後溜，轉入街角，走了一段內街小路後，隨意躲進一棟荒廢的小屋暫避一下。

他稍作喘息，並慶幸好像成功執行其計劃的第二步之際，一句「你這個逃兵！」在他背後怒吼。那是他一路南下西貢時，常在他身邊的隊友。

槍口已經瞄準他的眉心，他腦內正高速運轉，然後跟隊友解釋情況不是他所想的那樣，再慢慢走近對方到伸手可及之處。

他一手撥開指向他的槍支，再揮拳往隊友的腦袋打過去。

對方冷不防被擊至頭昏腦脹之際，他再在地上隨手拿起一塊磚頭，向對方迎頭重擊。這樣，對方不支倒地。少年本來想再補一槍，只是現在的處境，任何槍聲鳴響都對他沒有益處。他把隊友拖到小屋一角，然後雙手大力捏在他的頸項上，到一刻他確定那位隊友已然沒有呼吸的氣息，才慢慢鬆開雙手，然後思考下一步要怎樣做。

就在此際，大屋的前庭突然傳出腳步聲，他被嚇至轉身同時身體失去平衡，如大字型般卧在他的隊友屍身之上。

一個身體魁梧的年輕美軍，又再一次用槍支瞄向他。

他感覺當下的自己，就像是被捕獵者凝視著獵物般。少年討厭這種處境而又無可奈何，他無處可逃。

心想，難道他的人生就這樣結束？然而奇怪的是，那個美軍一動也不動。

那位美軍，可能比他年長五、六歲，拿着精良的槍支與配備，把槍頭瞄著他。但不知為何，那個美軍的眼神卻好像有點不尋常，就像是慢慢失去軍人應有的攻擊性。

是因為我看起來像一個普通的平民少年嗎？是以為我在保護著另一個失去知覺、臥在地上的平民？

面前這位美軍，不知是否同情心作祟，慢慢放下防備。

既然是這樣，唯一選擇便是繼續裝下去。

少年望向美國士兵的雙眼，用近似求饒般謙卑的眼神直視對方，同時把雙手向後，緊緊包圍著隊友的身體。

美軍的額上流下一滴汗水，下顎微微抖震著，直到那滴汗流到下巴，滴下，其眼神已經完全失去了意志，不再像一個捕獵者了。美軍輕輕把槍放下，然後一步一步的向後，直到小屋的大門便轉身離去。

「在任何時候都裝作光明的天使」，是少年在一瞬間所學到的，這個想法從那天起成為他的人生信條之一。

同一時間他不解，他與那個美國士兵之間，為甚麼存在如此大的對比？為何那個士兵可掌握他的生死？就只因為他在能力較大的一方罷了。

「只要夠強大，無論依附的是甚麼力量也可」，成為他人生信條之二。

他要成為一個捕獵者。

然而命運給他開了一個玩笑，他躲在西貢苟且生活，戰事仍一直沒有停下。終於過了數年，他原先認為必然戰敗、曾經也是一員的北方軍隊居然勝利，城市的名字也改變，而他的身份最終只淪為一個徹徹底底的逃兵。

於是他決定孤注一擲，坐上擠擁的船向大海奔去，然而命運再給他另一個玩笑，船在離岸不久後便沉沒。最終他與同船的部分人，被一艘途經的丹麥貨輪所救起，帶著他們一直朝北方航行，向一個未知的世界駛去。

註解

1 藍契貝里的〈任性的女兒〉——Herold Lanchbery / Orchestra of the Royal Opera House - La Fille Mal Gardée，音響界的黑膠發燒名片。

2 40under40 ——由香港《PERSPECTIVE》雜誌主辦，表揚四十歲以下出色建築師的年度獎項。

3 設計先鋒——「Design Vanguard」，由美國建築雜誌《Architectural Record》主辦，介紹新晉建築師的年度專題報導。

4 MOMA PSI ——「Young Architects Program（YAP）年輕建築師計劃」，由紐約 P.S.1 當代藝術中心主辦，為年輕建築師提供舞台的建築競賽。優勝者的設計會被蓋在藝術中心的前庭。

5 《Domus》——創刊於 1928 年，歷史悠久的意大利建築雜誌。

6 《住宅特集》——日本新建築社出版，關於日本國內的住宅設計月刊。

7 藍鳥——多倫多藍鳥棒球隊，對上一次贏得大聯盟總冠軍是連續在 1992 年及 1993 年兩屆。

8 洋基——紐約洋基棒球隊大聯盟的傳統強豪，對上一次贏得大聯盟總冠軍為 2009 年。

9 尼克——紐約尼克籃球隊，傳統大市場的 NBA 球隊，對上一次贏得總冠軍已經是 1973 年的事了。

10 葛雷諾——小弗拉迪米爾・葛雷諾（Vladimir Guerrero Ramos Jr.）加拿大籍的藍鳥隊明星球員，其父親曾經也是大聯盟球員。

11 添・柯頓（Tim Hortons）——加拿大國民級咖啡連鎖店，以產品價廉見稱。

12 路易斯・康（Louis Isadore Kahn）——擅長運用水泥與光線的美國現代建築大師。

13 雷姆・庫哈斯（Rem Koolhaas）——荷蘭籍當代建築師，為普立茲克建築獎得主。

14 關於路易斯・康的記錄片——《My Architect: A Son's Journey》，由路易斯・康的兒子執導，在片中透過父親的作品，重新認識在他年少時便去世的父親。

15 科林斯柱式（Corinthian Order）——古希臘建築的三大柱式之一，以植物的型態作裝飾。

16 Yabu（Yabu Pushelberg）——知名的加拿大室內設計二人組，主要設計酒店項目。

17 少即是多（Less is more）——現代簡約建築大師密斯・凡德羅（Mies van der Rohe）的名言。

18 住吉的長屋——日本建築師安藤忠雄的成名作、位於大阪的清水模住宅建築，已被拆卸。

19 《陰翳禮讚》——日本文學巨匠谷崎潤一郎的著作，探討日本文化與美學的散文集。

20 《加拿大建築師》雜誌——具代表性的加拿大國內建築設計月刊。

21 札哈・哈蒂（Zaha Hadid）——當代英國籍女建築師，以流線的設計見稱，為普立茲克建築獎得主，於 2016 年逝世。

22 懷雅遜——現稱「多倫多都會大學」，前名為「懷雅遜大學（Ryerson University）」是少數提供時裝及室內設計學位課程的北美大學。

23 熱鴦走——港式飲品，熱咖啡混合熱奶茶，並配以煉奶的飲品。

24 卡樂B——以薯片為主的日本零食品牌。

25 卡羅．斯卡帕（Carlo Scarpa）——以獨特的物料組合與建築語言而知名的已故意大利建築師（恩佐最喜歡的建築師之一）。

26 加拿大鵝（Canada Goose）——知名的加拿大羽絨大衣品牌。

27 十元——加幣十元，以2024年的匯率計算，約為六十港元。

28 SketchUp——一套建築業內常用的立體模型軟件，因其操作簡易而見稱。

托爾斯泰小旅館

TOLSTOY CABINS

作者　翰林
編輯　鍾卓玲
封面插畫　翰林
封面設計　翰林、韓世
內頁設計　韓世

出版　Scone Publishing
電郵　info@scone.com.hk

總經銷　一代匯集（香港）
紅螞蟻圖書有限公司（台灣）

版次　2024年7月初版
ISBN　978-988-76894-2-3

香港出版及印刷